U0073683

愛在轉角

Love Somewhere

著 亞米 / 李巧如　　繪 珍伊

男男女女們其實還是期待著愛情，一份深刻的愛情，

但是這份愛情，似乎只會出現在真正命中注定的那個人身上。

楔子

曙光自擁擠的灰濛雲層間掙脫過來,掉了和煦,掉了溫暖,一如街道上熙來攘往的人群被忙碌催促,掉了偶遇,掉了相逢,在陰霾裡逐漸習慣這樣的選擇。

「每個人一天會遇上幾個人呢?」
曾琬婷拉緊了捷運上的拉環,熟練地避免靠站時因剎車產生的搖晃。

奔向出口的步伐仍體現著潛意識裡無謂的競爭,彷彿走得越快就能掌握某些不落人後的優越感,但實際上作用只是在打卡鐘上的數字小了一點而已。

踏上人行道的紅磚後,視線旋即以90度垂直轉下,停駐在隨手拿出的智慧型手機螢幕上滑動著。是不甘高價買來的手機百無一用,或者只是一種盲從。

用很多不做也無妨的小事,填滿生活的細微末節,然後催眠著自己這叫充實。

「我很忙。」

不這麼講，似乎彰顯不出自己存在的價值。而忙些什麼，並不重要。

突然肩膀感到一陣撞擊的疼痛，顛簸了機械性向前的步履。
撞到人了吧？這已經是這個月的第幾次了呢？
曾琬婷回過頭跟對方笑著點點頭表示歉意，對方以同樣的動作回應，手裡也拿著同樣的東西。道完歉轉過身，兩人又低著頭滑動著手機螢幕默默前行。

「這樣的相遇，絕大多數，都很平淡的落幕，甚至在下一秒連對方的衣服顏色都記不起來。」
或許憤怒鳥還讓人印象深刻一點。

叭！拉長音的汽車喇叭聲自以為是阿信在飆高音似的，蠻橫地刺痛著耳膜 ，一個右轉呼嘯而過。遭受驚嚇的琬婷不禁叫了一聲，往後跌坐在斑馬線上。

「有時相遇也很驚險，會使人崩潰。」

曾琬婷朝著揚長而去的違規車輛，高分貝抗議：「喂，你違規了。甩什麼尾啊，以為你家賣豆腐的啊！」

違規車駕駛座的車窗忽然降下，伸出了一隻手，狠狠地比出一根中指。

曾琬婷不甘示弱喝道：「滾回你的金寶山當車神啦，神經病的神！」

掉落在馬路上的手機，畫面正駐足在名為Love Somewhere社群平台的介面。琬婷撿起手機，繼續一邊低著頭走一邊玩著手機。

一如街道上熙來攘往的人群被忙碌催促，

掉了偶遇，

掉了相逢，

在陰霾裡逐漸習慣這樣的選擇。

曙光自擁擠的灰濛雲層間掙脫過來，

掉了和煦，

掉了溫暖，

喧鬧的人群自四面八方蜂擁而來，這時手機卻傳來訊息聲，提示著正有某個同為Love - Somewhere用戶的人，正在附近。

曾琬婷本能地以自己為中心將視線轉了一圈，眼簾卻只映入滿滿人潮。

「在眾多相遇的情況中，最遺憾的莫過於，有時候驀然回首，那擦肩而過的人，就真的過去了……」

螢幕上的畫面，兀自停留在緣慳一面。隨著人潮的流動，距離將訊息聲緩緩淹沒。但即使掉了偶遇，掉了相逢，只要屬於緣分的紅線還緊握在手裡，就有失而復得的一天值得等候。

9：01分，陽光破開雲層，灑下了重拾的和煦與溫暖。

曾琬婷，她也遲到了。

1

三天前，夜幕掩下。

在星巴克二樓固定的靠窗座位上，曾琬婷啜飲著微苦的拿鐵，翻著書，沉浸於書香和咖啡香和諧的鳴奏中，雜沓心緒在這小小一隅裡，歸於恬淡。

「前世五百次的回眸，才能換來今生的擦肩而過。」
曾琬婷不自覺低吟著書上雋永的字句。

捏了捏稍微僵硬的後頸而抬起頭，正巧和前桌一名臃腫的胖男人對上眼。男人笑嘻嘻地打著招呼，分外熱情，她則敷衍一番逃命似的趕緊栽入書本裡。

「可是今生的回眸，永遠像在踩地雷，一不小心就炸得粉身碎骨。雯雯說想讓人生甜一點，咖啡就要喝得苦一點。但我喝黑咖啡，卻只是為了減肥。」曾琬婷不禁在心裡嘀咕著。

同樣的苦澀咖啡，她喝著難受，卻有人甘之如飴。

「前世五百次的回眸，才能換來今生的擦肩而過。哼，該不會又是英國研究的吧？真不靠譜。」

趁著和顧客開會的空檔，陳威任忙裡偷閒在咖啡廳喝著咖啡看著書，這本該是難得的愜意。無奈這偶得片刻卻在預料之外，一向看慣商管類書籍跟雜誌的陳威任，對手裡的書顯然有些不屑。但店裡供人免費取閱的書櫃上，除此之外，只剩他最討厭的八卦周刊。反正是打發時間，就別太計較了。他這麼告訴自己，手指持續規律翻動書頁。

忽然，擺放於桌上的手機開始恣意扭動起來，似乎有什麼訊息傳來，但又跟郵件和簡訊的提示聲有所不同。陳威任闔上書將手伸向手機。

將書放下的曾琬婷專注查看著來自手機彼端的傳訊。
「Love Somewhere，用手指劃開的每一步，讓緣份在網路上，擦肩而過。交友網站的廣告啊？可透過衛星定位計算，找出讓時常在同一條街或同一個商店擦肩而過，卻不認識的人。這年頭連APP也要跟月老搶生意，牽起紅線來了啊！幼稚……」
曾琬婷將不以為然的表情，毫不遮掩寫在臉上。將手機放在桌面後，輕輕推開並滑行了十幾公分遠，停頓在桌緣和牆壁的接縫處。

移往書頁上的視線不時偷瞄著手機，幾經煎熬，又燕子抄水般倏然一把將手機捉起，打開螢幕。
「但我一向很幼稚。」曾琬婷輸入資料按下註冊鍵。
在自己手腕繫上了紅線的一端，而另一端是另一個選擇繫上的人。

2

鬧鐘激昂地高歌著早晨的來臨，曾琬婷則捂著耳朵抱著棉被，在床單上滾來滾去，這行為她稱之為抵抗噪音的英勇本能，但一般俗稱「賴床」。

「根據佛洛依德的心理學，人類有代表潛意識的本我，代表社會道德規範的超我，和調整兩者的自我。簡單的說，每個人都有不為人知的一面。」

半夢半醒間的曾琬婷滾到床邊，抓起某職棒明星的簽名球棒，在睡夢中幻想著自己是勇敢揮舞寶劍斬向惡龍的騎士，然後在現實砸爛了剛買8小時的鬧鐘。
回過身，若無其事地將球棒放回原位，再抱著公主，不，是棉被，繼續昏睡。

「有時候不只別人不知道，連自己也不知道。」

每當放在梳妝台上的手機鬧鈴響起，她才睡眼惺忪地從被窩裡爬出來，無奈的是一個星期裡總有幾天，迎接她的是一個支離破碎的鬧鐘。
「Made In China，中國的會爆炸！」

她翻過鬧鐘背面的製造國家，用這荒誕的理由試圖解釋那匪夷所思的現象。

刷牙洗臉是起床後的第一件事。
至於鬧鐘壞掉的真正理由，她根本懶得想。

「每天都會壞掉的鬧鐘，就像每天都在期待的艷遇一樣，時間到了就會破滅。怎麼毀掉的Who Care？」

換上制服套裝，她在鏡子前照了照自己。

「再買一個就是了。」
當然，不只有鬧鐘是這樣。

她將儀容整理完畢，然後拎起公事包。
關門上鎖，出門上班。

3

搭捷運永遠像是在擠沙丁魚一樣，而公車更像是因為沒冷藏而壞掉的罐頭，既擁擠，有時候還會附加詭異的味道一路相隨。

通過了難熬的車程，到公司還有一段15分鐘的路程要走。

「一間公司氣氛的活絡，不在於口號喊得多響亮，而在於有多少八卦可聊。」

因而每每從踏入公司那一刻開始，曾琬婷總能清晰感覺到公司內的氛圍，何等活潑。果不其然，前腳剛踏入後腳就被拉了進來。

佳穎扯著琬婷的袖口，拉到茶水間講起悄悄話。

「誒，琬婷，我偷偷跟妳講個秘密喔，記得口風要緊一點，這件事妳可別說出去。」

「這麼麻煩，那我不聽了。」

對這愛道人是非為樂的佳穎，琬婷一向看不慣。但基於在職場不輕易得罪人的鐵則，還是會保持禮貌和笑容，她想至少佳穎在背後捅刀時會小力一點吧。

瞧琬婷轉身要走，佳穎心裡更癢豈能忍住不說，趕緊拉住琬婷。

搭捷運永遠像是在擠沙丁魚一樣，

而公車更像是因為沒冷藏而壞掉的罐頭，

既擁擠，

有時候還會附加詭異的味道一路相隨。

「別這樣啦，很精彩，聽一下啦。」佳穎一臉欲侃侃而談的神情，表露無遺。

「好啦，我的嘴拉拉鍊，扣上安全鎖，用瞳孔辨識跟按密碼都打不開，行了嗎？」

琬婷用手指仿若捏著一條隱形拉鍊般從左到右劃過嘴，再彎曲食指表示扣上鎖。瞳孔辨識以食指跟中指指著自己雙眼，再指向佳穎。最後按密碼，則是一手食指按另一手手掌數下來模擬。

「就知道妳上道。」

這言行並茂的手法，看來甚得佳穎喜歡。

佳穎壓低聲音故作神秘道：「我跟妳說喔，那個欣儀啊劈腿被捉到喔。」

「真的假的？」

「內線消息，我跟妳講妳不要跟別人說喔，她本來跟樓下的理財專員阿傑在交往，結果又勾搭上會計部的蘇襄理。」

「是喔，我連她跟阿傑交往都不知道。」琬婷無奈的聳聳肩。

「喂，關心一下同事好嘛。然後啊，聽說昨天下班時，欣儀不是故意摸到很晚嗎？就是因為阿傑跟蘇襄理在門外等她啊，最後欣儀下來，兩人爭風吃醋還打了起來。」

「妳怎麼會知道啊？」

「新來的保全跟我講的啊，昨天他還『掃到風颱尾』被打了一拳耶。」

「好了，我相信妳。但我還有事不跟妳聊了。」

見佳穎說得興起，琬婷趕緊搪塞一番以小碎步力求脫身，逃離八卦轟炸。

「喂，我還沒說完。」佳穎企圖伸手挽留，但琬婷一路直奔座位，頭也不回。

這時，換剛踏進公司的欣儀被佳穎捉住，成為新的代罪羔羊。

「欸，欣儀，我跟妳講妳知不知道琬婷的事啊？」

「什麼啊？」欣儀一頭霧水反問道。

佳穎見魚上鉤欣喜若狂：「看妳面相就知道妳旺夫益子口風緊，可千萬別告訴別人是我講的。」

「喔。」

「剛才進來有沒有看到保全臉上有傷，其實那是琬婷打的喔？我沒有很確定啦，但聽說琬婷是黑帶三段、合氣道六段，還學過兩年詠春呢，以前啊常常家暴男友喔。」

「哇，那不就是我的野蠻女友？」

「對啊，還有啊……」

流言蜚語，確實會讓一間公司變得熱鬧，無論是好，或者是壞。
而八卦的真假從沒有人在乎，只要能打發時間就行。

安全上壘回到座位的琬婷，開始整理今天預定的工作資料，以方便接下來一整天的作業。
旁邊隔間板上忽然趴了一個熟悉的身影，煩躁的皺眉卻難掩稚氣。
是曾琬婷死忠兼換帖的死黨，雯雯。

「一進來又聽見佳穎那個喇叭嘴，又在亂講話散播謠言了啦。一張嘴叭、叭、叭的，怎麼不改行去賣叭噗啊？」

雯雯臭著一張臉，用獨特的娃娃音開罵。

「又不是第一天上班，什麼人講什麼話還意外嗎？」

「但我就是氣啊！」

琬婷拿出一杯剛買的手調飲料，安撫雯雯：「我的大小姐，別氣、別氣。玫瑰花茶給妳養顏美容。再說妳也不能證明她講的話都是子虛烏有的啊。說不定也有一些是真的。」

「我林雯雯眉頭一皺，發現案情並不單純。」雯雯邊喝花茶邊說。

琬婷莞爾一笑：「妳以為妳是李組長喔。」

「每天工作就夠累的，還要聽她魔音穿腦。而且妳看她穿得那麼露，每天聊八卦打單就有錢領，我們呢？做牛做馬，比不上一個做狐狸精的啦。」

「工作就這樣，苦幹實幹，沒人要看，有錢沒錢，拿命來填，誰拍馬屁誰好漢，誰講真話誰滾蛋。東嫌西嫌，還不是要再混幾年。」

「對，上班賣肝，下班『怨嘆』，到了家裡只能上網按讚，到了月底只能刷卡買單。台

灣勞工，真命苦喔。」雯雯嘟嘴抱怨道。
「別抱怨了啦，日子還是要過。」

雯雯默認似的不再延續這個話題，眼珠一轉，靈光一閃，像突然想起了什麼有趣的事情而上揚了嘴角，旋即另闢話鋒。
「對了，琬婷妳知不知道最近有一個社群平台很夯啊！」
「是什麼？」
「叫Love Somewhere，可以讓常在身邊附近徘徊卻不認識的有緣人相會喔。還有緣份度跟照片遮罩功能，每一次擦肩而過，就會提高緣份度，原本模糊的照片，就會跟著越來越清楚喔。」
雯雯一面講解，一面用手機向琬婷展示著Love Somewhere。

「我知道啊，昨晚在咖啡廳看書的時候，收到簡訊，我就順便註冊了。不過還不會玩。」琬婷一邊低頭整理著資料，一邊回答。
雯雯對琬婷的工作狂發病，有些看不下去：「還差五分鐘才上班，別那麼認真好不好？工作不會長腳跑掉，就像愛情不會插著翅膀飛過來。」
突然雯雯的手機，傳來了Love Somewhere推播訊息的叮咚聲響。
「誒？」雯雯滑動著手機查看訊息。
琬婷則面帶笑容調侃道：「妳的愛情飛過來啦，還擦肩而過了。」
「是誰啊？」
雯雯嘬著嘴露出向狼犬般的探索眼神，如紅外線環視了辦公室一整圈。但卻沒有看到任何可疑的男人，或者該說沒看到她有興趣的男人。

這時，琬婷桌上的電話響起，是內線。

「琬婷，進來一下。」話筒另端傳來的是上司李副總裁的聲音。

曾琬婷邊聽電話邊向雯雯擠眉弄眼，又將眼神飄向副總裁室表示被叫進去。雯雯則半吐舌頭，用手掌劃過脖子，暗示應該沒什麼好事。

掛上話筒，琬婷直奔副總裁室，一推開門，李副總裁已在座位上等候多時。
「副總，有事嗎？」
「坐。」李副總裁抬了一下頭瞄向沙發的位置。

琬婷轉身關上門，然後戰戰兢兢地坐上沙發，十指因緊張而交纏。

4

上海某高級酒店套房內，陳威任正一面照著鏡子一面穿著襯衫並打上領帶，臉龐上仍透露激情過後的些許疲倦，和一點看似冷漠的防備。

「幹嘛不叫我？」

只穿著寬鬆浴袍的Candy，語帶嫵媚地從後輕輕摟住威任的腰。

「妳喜歡裝睡，我就讓妳裝個夠啊。」

見威任反應冷淡，感覺自討沒趣的Candy鬆手走向沙發，喝了口窖藏紅酒。

「這年頭啊，老婆是家，情人是花，工資給家，獎金送花，病了回家，好了看花，離不了的是家，忘不了的是花，常回家看看，別忘了澆花！」

「我沒有家。」

「可我只能是花。」

「我知道，所以我才會讓妳在我身邊。」

「無情。」

Candy放下酒杯回望了威任一眼，嘴角的笑世故中偽裝著輕挑。

「妳我之間，不談感情。」

「你相信有真愛嗎？」

「不信。」

「你爸可是政協委員，像你這種高富帥的官二代，不信真愛，有很多女孩會傷心難過的。」

「我媽病危時，我爸都不聞不問地開他的香檳，辦他的派對，摟那些連名字都記不起來的女人。我不知道那些所謂的國家大事有多重要？我只知道他沒來。所以我不相信真愛。我從18歲開始不用他的錢，不靠他的關係，能從一個屌絲，爬到今天的地位，全靠自己。」

整理完儀容的陳威任驀然回首，和Candy四目相接，眼神多了些憤世嫉俗。

「所以你說你沒有家。」Candy依然笑得很甜。

「一個人，不是家。」威任試著緩和情緒，將話題岔開了自己身上。

「別說我了，妳呢？妳相信真愛嗎？」

「我相信，但我知道輪不到我。」

Candy又往酒杯裡倒了一杯酒，鮮豔的紅彷彿寂寞轉眼盛滿了玻璃杯。

威任問：「為什麼？」

「因為我在這裡，因為我的男人不相信真愛。」

陳威任拿起公事包沉穩地走向門口，將門打開。

「或許只因為我終究不是屬於妳的男人。」拋下這句話，然後揚長而去。

門關上，Candy起身走向落地窗，望向外面。

不屬於愛情，沒有第三者，只是一同度過寂寞，這是她跟威任的關係。曾經她安於這種自由而零負擔的日子，如今卻只感到自靈魂深處湧出的落寞。

一如杯裡的酒，鮮豔的紅。

結帳後步出酒店門口的陳威任，搭上助理小華所開的黑頭轎車。他一向喜歡坐在後座，因為他不喜歡有人能跟他平起平坐的感覺。

「副總，早。」

「早。」

向來機靈的小華從照後鏡觀察到威任，隱約面露難色，有些沉悶。

「唉呀，副總我看你今日眉宇之間……」

「如何？」

一臉正經的小華忽然露出笑容，逢迎拍馬了起來：「射出一道靈氣啊！我聽人說過這叫白毫相，光照東方萬八千啊。這代表啥呢？代表工作如長城，千軍萬馬打不倒，財運像錢潮，四面八方無限好，戀愛、家庭兩得意，遇上周董也得說聲『唉呦，你真屌』！」

「哈！湯瑪斯‧富勒說過『在人性叢林中，最受歡迎的「貨幣」就是阿諛奉承。』行了，有好處絕少不了你的。」

「承蒙提拔、承蒙提拔。」

威任對小華的油嘴滑舌並不討厭，那也是一種能力甚至是很多人求都求不來的能力。留他在身邊卻不是因為甜言蜜語，而是為了提醒自己，千萬別太相信別人的話。

「那副總要先繞去買個豆汁、焦圈墊墊肚子嗎？我知道有一家店特好吃的。」

「不了，直接去機場吧。到機上再吃吧。」

威任一邊看著從公事包拿出的資料，一邊回答。

「是、是、是。」

車子直駛向機場方向。

突然威任手機響起，一封來自Love Somewhere的廣告簡訊，上頭寫到：「Love - Somewhere，尋找真愛。」

「真愛啊。」威任語氣裡揉雜著憧憬和一些無奈。「對了，小華，你相信真愛嗎？」

聚焦於路況的小華熟練地轉動著方向盤，對於這個問題不假思索的回答。

「信，跟某人相處時能感到幸福，就是真愛。假如跟很多人相處時都能感到幸福，代表個個都是真愛。」

威任冷哼一聲：「那你還真博愛啊。」

「好說、好說。」

「真愛是來自幸福，幸福又是什麼呢？」

「咱說句俗的，您別見怪。幸福是什麼？幸福不就是貓吃魚、狗吃肉、奧特曼打打小怪獸。日子不覺得難過，就是幸福。」

「是嘛，那真愛真的離我很遠啊……」威任手撐著臉看向窗外。

「像那歌詞唱的，管它永遠有多遠怕什麼呢？時代在進步，寫信不靠譜，有手機啊！有網路啊！傳個APP叫真愛過來就是了唄。」

威任不禁莞爾。「有道理。」

然後輕輕按下了Love Somewhere的註冊鍵。

在自己手腕繫上了紅線的一端，

而另一端是另一個選擇繫上的人。

輕輕按下了

Love Somewhere 註冊鍵。

5

「最近『C－GAME集團』要拼購『遊戲蘋果』的消息知道吧？」

面對李副總裁突如其來的開場白，曾琬婷唯唯諾諾地點了點頭。

「當然，這可是件大消息。」

「之前很多個投資銀行都去拜訪過C－GAME集團牛總裁，我們銀行呢，經過妳副總我能言善道的這張嘴，和幾十年來在這金融業界打下的基礎與廣大的人脈，好不容易，終於得到了可以到北京提出正式合作案的資格。這可是十年來最大的案子啊。」

「恭喜副總。」琬婷順水推舟道。

豈料，李副總裁竟伸手擺了個推拒的手勢。「不用恭喜我，恭喜妳自己。」

「為什麼啊？」琬婷頓時一頭霧水。

「妳以為我叫妳進來幹嘛？聽我吹噓豐功偉業，妳副總我是這種不要臉的人嗎？還是妳以為我叫妳進來做些special的，妳副總我是這種下三濫的人嗎？妳說是嗎？」

琬婷勉為其難露出笑容，虛應故事道：「當然不是啊。」

「妳知道的，妳副總我一向是作育英才，提攜後進。何況妳還是我台大的學妹，學長不罩妳誰罩妳呢？」

李副總裁翹起二郎腿，身體往後傾壓出屬於高階主管睥睨部下的辦公椅角度，一副吹牛不打草稿的莫名自信，隨著刻意擺動的手勢在琬婷眼前比劃著。

「那副總的意思是？」琬婷恭敬地問道。

只見李副總裁忽然往前靠，順間拉近跟琬婷的距離。「這個案子從現在開始，right now，由妳負責。」

「我？」琬婷驚訝得不敢置信。

「這可是一個出人頭地的好機會啊！外面多少人坐辦公室坐了十年，吹冷氣吹得都快凍成冰棍了，還盼不到這麼一個機會啊。妳知不知道？」

琬婷：「 為什麼挑上我？」

趕赴上海機場的轎車內，陳威任正翻閱著其他銀行的資料。目前的他正著手進行一件大型併購案，而這些銀行則是有可能提出企劃案的競爭對手。

助理小華試著講點威任感興趣的話題：「我說副總，你叫我收集那些投資銀行的資料，是為了園大集團那件併購案嗎？聽說那些投資銀行派出來的都是自家公司裡，一等一位高權重的人才啊！」

「位高權重，或許是。是不是個人才，交過手才知道。」

「副總，咱就喜歡你這氣勢夠牛Ｂ的。」

「你知道何謂呆伯特法則嗎？」面對威任的詰問，小華傻笑著搖搖頭。

「一些事沒人做，一些人沒事做。沒事的人盯著做事的人，議論做事的人做的事，使做事的人做不成事、做不好事。於是，老闆誇獎沒事的人，因為他看到事做不成。於是，老闆訓誡做事的人，因為他做不成事。」

李副總裁辦公室外，佳穎、欣儀和小菲三人手上雖抱著資料裝忙，但實際卻是交頭接耳閒聊著琬婷跟李副總裁八卦，當然要加點油添點醋才夠精采。

佳穎若有所指道：「欸，副總叫琬婷進去那麼久幹嘛啊？」

「有事交代她辦吧？」欣儀合理的推測。

見火力減弱，小菲趕緊火上加油：「聽說他們兩個是同一間大學畢業的喔。」

「這其中一定有鬼，要我說副總跟琬婷間鐵定有不可告人的關係。」

佳穎開始不負責任的腦補。

「那是什麼關係？」深諳聊八卦潛規則的小菲，借勢順水推舟。

「唉呦，男人若一旦有了錢，下半身肯定不會閒。你們說還能有什麼關係？」

佳穎像個八婆似的，笑得花枝招展。

不，她本來就是個如假包換的八婆！埋頭工作的雯雯，在旁聽見三人談論琬婷的閒言閒語。一時間火冒雙眼，雖強忍著怒氣不要發作，但手中的筆已被她硬生生折斷成兩半，筆芯裡的墨水濺灑在桌面上。

轎車內，威任繼續闡述著呆伯特法則。

「一些沒事的人總是沒事做，一些做事的人總有做不完的事。一些沒事的人滋事鬧事，使做事的人不得不做更多的事。結果好事變壞事，小事變大事，簡單的事變複雜的事。」

「這聽來有點意思啊。」小華打從心底覺得這番論調實在有趣。

「所以在確認對手派出來的是『沒事的人』或『做事的人』前，對我來說根本不足為懼。」

同時間，副總裁室裡面對琬婷的提問，李副總裁嘴角泛起了一抹詭譎的笑。

「妳問我為什麼選上妳，因為I got you！妳副總我慧眼識英雄啊，妳知道我上KTV都唱什麼歌？」

琬婷如鈴鼓般搖搖頭。

「林宥嘉的伯樂。」李副總裁激動高亢的說著。「因為妳副總我就是個不可多得的伯樂，懂嗎？妳就是一匹千里馬，還是匹黑馬。相信妳自己的能力，更要相信妳副總我的眼光。好好幹，拿下這個案子，出任C－GAME集團的財務顧問。別辜負妳副總我對妳的一番殷殷期待。好，沒事的話妳先出去開始籌備這個案子，我每天都要聽妳回報進度。」

「是，謝謝副總。」

「去吧。」李副總裁讓琬婷離開。

琬婷禮貌性點個頭後，默默離開副總裁室。李副總裁在琬婷關上門後，旋即撥了通電話出去，同時換上職業笑容。

「是，報告常務董事，這個併購案沒有問題。我派出了得意門生，代表我們公司出去奮戰，然後由我在後面運籌帷幄。絕對沒有問題，是、是請董事放心，我身體狀況託董事鴻福，有比較好了，如果趕得及我一定親自出馬。是、是謝謝董事，董事再見。」

掛上電話，李副總裁露出一臉得意的表情。

「我真是越來越佩服我自己，這次併購案的對手，匯豐的陳威任、摩根的江立偉，一個手段高，一個政商關係良好，萬一不小心給裁了，我可就一世英名毀於一旦。讓琬婷去，要是談成了，我在背後指導的功勞可不小，要是失敗了，我也可以斷尾求生。這招高啊！實在是高啊！」

副總裁室外，佳穎、欣儀、小菲繼續八卦，雯雯終於按耐不住拍桌站起。

「喂，你們嘴巴放乾淨點喔！再敢亂造謠，信不信我告你們毀謗啊。」

這時，琬婷從副總辦公室出來，佳穎、欣儀、小菲一哄而散，回到座位。雯雯和琬婷四目相接，欲言又止。

上海機場正大門口，小華將車暫停旁側打算依照慣例讓威任先行下車。

「副總，機場到了。」

「我先進去，你車停好再到候機室會合。」

「是。」

陳威任將資料分門別類迅速收進公事包夾層內，然後下車。小華則二話不說車頭一轉，往機場專屬停車場方向駛去。

威任抬望著機場門口：「台灣，我來了。」昂首闊步。

6

知名速食店內一隅，琬婷、雯雯面對面同桌而坐，餐盤上剛打開紙盒的漢堡還冒著蒸騰的熱氣，倒臥在宣傳單上的薯條半灑在外。

雯雯手拿著漢堡沒好氣地說：「提拔妳，我看是在弄妳吧？曾啊琬婷，『回魂喔！』這麼大的案子妳敢接喔。」然後狠狠咬了一口漢堡。

「我真的接了啊。不做怎麼知道做不到？」琬婷搖晃著可樂的吸管。

「好，妳有種。我都不知道要怎麼講妳了啦。別說我不挺妳喔，下次去廟裡拜拜，我幫妳請個八卦鏡回來擋煞啦。」

「擔心我，幫我找資料啊？」

「沒空啦！我晚上還有三攤聯誼要跑耶。」

「幹嘛聯誼啊？妳最有緣人啦。」

琬婷拿起雯雯放在桌上的手機揮舞著，畫面停在Love Somewhere的介面。

「遇得到再說啦！」雯雯搶回手機。

忽然雯雯的手機，又響起了推播聲。她四處張望依然不知是誰。

「都遇幾次了，照片還看不清楚喔？」

「誰跟妳說是同一個人啊？」

「哦，花心。」

「要妳管。妳咧，有緣人出現了沒？我看看。」

雯雯冷不防搶過琬婷的手機看。

「欸，妳很純情耶，關注還掛蛋。我看100M以內擦肩而過的人……」

羞澀的琬婷趕忙搶回手機。「不給妳看。」

「不看就不看。但妳不關注怎麼遇到有緣人啊？」

「有緣千里來相逢。」

「好，妳最厲害。」

「吃妳的漢堡啦。」

琬婷看了一下手機Love Somewhere的畫面，覺得自己或許還有些舉棋不定吧。

接下來的幾週裡琬婷勤跑圖書館找資料、做問卷、分析各項數據，焚膏繼晷夜以繼日，只希望能夠不負所望。隨著每一次提出簡報，李副總裁從皺眉比手畫腳的給意見到默默點著頭給予肯定，讓琬婷逐漸站穩了腳步並建立自信。

但離正式提出企劃案，仍還有一段距離值得努力。

凌晨一點，又忙到了凌晨一點。

琬婷埋首桌上整理著資料，直到貓跑到她的腳邊磨噌，才抬頭看見了桌上的時鐘。知道貓餓了，琬婷心疼地抓起貓抱在懷裡，離開座位站起身來。

「咪咪，肚子餓了啊？喝牛奶好不好？」

琬婷倒了一小盒牛奶給貓喝，自己則沖了杯咖啡。忽然桌上的手機有提示聲響起，琬婷拿起了手機查看。

琬婷家的樓下是一間二十四小時不打烊的便利超商，門口還擺放著幾張乾淨且具時尚感

的桌椅，供一般民眾稍做休憩之用。

陳威任一邊喝著紙杯咖啡，一邊用手機打給助理小華：「小華，我在巷口的超商，把車開過來。」

通話完畢，正當威任要收起手機時，手機提示聲突然作響。

是Love Somewhere搜尋到了附近有使用者，威任心想閒著也是閒著，不如打發一下時間。於是開始和另一端不知名的對象打字傳訊，展開了對話。

「300Ｍ，我們挺近的嘛。」

威任試著避開今天天氣很好之類的陳腐開頭，但似乎也不怎麼別出心裁。

「這位帥哥，怎麼稱呼啊？」琬婷則淘氣恭維一番。

「在300Ｍ之外，還能看到我很帥，嗯，看來我真的很帥。」

「自戀。」

「我帳號是Ｌ開頭，就叫我Ｌ先生好了。妳呢？」

「依照你的邏輯，我是Ｓ小姐。」

「那麼Ｓ小姐，在這月色皎潔的夜晚，想一起看月亮嗎？」

琬婷走向家裡的窗台，遙望著窗外深宵裡皎潔的月亮。

「我看到了啊。真的很美……」

威任也抬頭望著月。「因為跟我一起看？」

「因為距離產生美。」

「怎樣的距離才算美？300Ｍ？」

「無論多遠，只要擦肩而過都很美。」

「隔300Ｍ的擦肩而過，我還是第一次。」

「同樣新手上路，請多指教。」

微笑的符號，同時印上兩人的留言尾端。

貓咪喝完牛奶，又跑來琬婷的腳邊磨蹭。琬婷放下手機，再度抓起了貓。

「咪咪，妳這個貪吃鬼，肥成這樣還要吃。喝太多牛奶，會拉肚子。我下去給你買貓罐頭好不好？」
連拖鞋都沒換的琬婷只拿著錢包，就抱著貓出門，往樓下的超商信步走去。
晃出樓梯，超商外的桌椅率先映入眼簾，但除了一杯孤單的紙杯咖啡靜置桌面外，一個人也沒有。受到感應的玻璃門自動開啟，琬婷抱著貓走了進去。

威任已坐在小華駕駛的轎車內，將超商燈火甩在後頭揚長而去。
「在忙？沒關係，下次再聊。」見對方久未回應，威任留下這則訊息後，便收起了手機。
「副總，要直接回酒店休息嗎？」
「嗯，回去吧。」

琬婷則在超商賣貓罐頭的架前徘徊，抓著貓手指罐頭。
「咪咪，要吃哪個口味啊？」
挑好罐頭的琬婷，隨即結帳回家。弄貓罐頭給貓吃後，琬婷查閱手機，很多來自對方的訊息未回。有點無奈的算了，索性跑去逗貓。
「咪咪，你這個大電燈泡。」琬婷幫貓咪按摩道。

在這月色皎潔的夜晚，

想一起看月亮嗎？

7

最後的時限稍縱即逝，琬婷前往北京爭取併購案的日子還是來臨。說不緊張是騙人的，可是很多事緊張也沒有用，該面對的還是要面對。

松山機場擠滿了往返各地的旅客，曾琬婷也是其中之一。由於正逢上班時間，來送機的人並不多，只有雯雯一個在李副總裁應允下以請公假前來。
「記得下飛機要打電話給我，每天都要報平安，不要貪小便宜坐野雞車會被丟包，還有就算失敗不要覺得丟臉要跟我講，我會來接機。」
雯雯不厭其煩嘮叨著。
「好了啦，比我媽還囉嗦。」倒是琬婷有些難耐。
「抱抱。」
看雯雯一副泫然欲泣的可憐模樣，琬婷深深擁抱了雯雯。
「我很快就回來了，還有我不在的時候，咪咪會陪妳啊。」
「要趕快回來喔。」
「好。」
揮揮手作道別，琬婷便轉身往登機門而去。

不久，機艙內乘客都已上機就座，空姐見狀開始一些例行的宣導。

「飛機即將起飛，請各位乘客記得關閉手機。」

琬婷旋即關上手機。

同樣搭乘著這架飛機準備返回北京的陳威任，低頭專注地翻閱著商業週刊。鄰座的助理小華，則東看西瞧四處張望，忽然驚覺前方不遠一對情侶起了口角。

「你說你是不是有別的女人？說來台灣出差開會，結果四天三夜，你三個晚上都不在，你去哪了？」

女性乘客眼眶噙著淚，態度十分激動地直問著隔壁的男性乘客。

「妳有完沒完，叫妳不要跟來台灣硬要跟。從酒店鬧到機場還不夠，在飛機上妳還要鬧是吧？我有小三就有小三，不行是吧？我告訴妳要分手就分手，我今兒個順便就把這小三扶正了。這趟回北京也不想再和妳坐一起，看見妳就煩啊！」

「你怎麼可以說這種話？」

對爭執感到厭煩的男性乘客，招手叫來空服員。

空姐端出職業笑容：「先生，請問有什麼我能為您服務的嗎？」

「她這麼吵這麼煩人這麼嘮叨，妳聾了沒聽到嗎？我要求換位子。」

聽見自己被無情數落，女性乘客眼眶終於潰堤而掉下淚珠，嗚咽著不發一語。

「請稍待。我馬上為您查詢是否還有空位。」空姐回答。

這騷動也讓琬婷察覺到了，但她只是遠遠看著，對於來龍去脈全不清楚，甚至連對話都聽得模糊。單純是嗅到了不對勁的味道，正在滋長。

準備請示機長調換座位一事的空姐，在前往機長室前，被威任伸手攔截。

「不好意思，可以告訴我發生什麼事嗎？」

威任詳細地向空姐詢問著關於前方的騷動始末，然後又跟空姐商量了一些事情後，空姐才前往請示機長，最後再向那名男性乘客回報。

「這位先生很抱歉，商務艙已坐滿，經濟艙也沒有位置了。只剩頭等艙還有一個空位。」

基本上我們公司是不會替客人在搭機後作升等的動作的。但機長考量這情況特殊，加上那邊那位先生願意負擔升等的費用。所以……」
空姐指向威任，威任則離開座位走向女性乘客。

威任彎下腰，如紳士般牽起女性乘客的手：「所以這位美女，假如妳願意給我這個榮幸的話，請帶著妳的行李前往頭等艙。因為讓這種這麼吵這麼煩人這麼嘮叨的男人，坐在妳身邊，是所有男人的恥辱！」
一旁的男性乘客勃然大怒站起身來。
「我說你這人幹什麼呢！管啥閒事，我跟她的問題需要你這個外人過問嗎？還有我沒錢嗎？我有的是錢，頭等艙我自己可以升級。」男性乘客掏出一疊面額不大的紙鈔，顯然只是氣不過。
威任自西裝暗袋抽出皮夾，手一放皮夾套往下翻出一長條，滿滿都是信用卡。
「我這隨便一張的額度，都比你的錢多。」然後把皮夾往後一拋，隨後趕來的小華接住皮夾，將皮夾整理好恢復原狀。
「怎的，有錢就可以欺負人是吧。」男性乘客開始像瘋狗般亂吠。
「我請這位美女坐頭等艙欺負誰啦？你倒是說說看？」

男性乘客挽起袖子，朝威任逼近：「那你又想怎樣啊！」
「請不要吵架。」空姐趕忙伸出手隔開兩人，勸架。
「不用吵了，我去頭等艙。」女性乘客拎著包包轉身離開。
卻被男性乘客喝住。「妳現在走了不是給我難堪嗎？」
「一直以來都是我看著你離開，最後換你看著我離開，嚐嚐這滋味到底有多難受？」
女性乘客轉頭向威任表達謝意：「謝謝你。」便往頭等艙方向邁步而去。
陳威任跟男乘客互瞪一眼後，便轉身回座。
「散戲啦。」小華低聲道。
受到喧嘩聲吸引，琬婷看向爭吵的男性乘客處，卻搞不懂發生了什麼。

飛機起飛後，小華向威任搭話，想當然耳是逢迎諂媚一番。

「副總，剛才你挺身而出的那一瞬間，真的是風靡萬千少女，你都沒看到旁邊那些女性乘客關愛的眼神，彷彿在訴說著這才是真男人。」

「女人本來是用來疼的，不是用來傷害的。」威任理所當然地回答。

「副總，你、你說的真是太好了，太有道理了。但這女人要是傷心的時候該怎麼辦呢？總不能當街下跪，討她歡心求她原諒吧！」

「跟女朋友吵架啦？」

「你也知道我愛人她啥都好，就一個倔脾氣，怎都改不過來。一鬧起彆扭，我們的關係就剩下一個字，僵啊！」

「女人啊，是活在謊言裡的，多哄哄她就沒事了。好啦，我休息一下，到了叫我。」

威任戴上眼罩睡覺。

「好，好，好，想聽再按服務鈴。」

在陌生的城市，會讓人有探險的欲望，卻也會感到些許的害怕。但在陌生的城市擦肩而過的，卻未必是陌生的人。

飛機降落，初到北京的琬婷一面拖著行李一面尋找著指示路標在機場走著。威任跟小華則在下機後，由另一個方向離開。

倏忽琬婷手機的提示聲作響，她低著頭看手機，又是和L先生的擦肩而過。

「100Ｍ，在這裡嗎？」琬婷環視四周，尋找L的身影。

遍尋不到正使用著手機的身影，琬婷決定主動打字攀談。

「L先生，我們又擦肩而過了。」手機上顯示了訊息畫面。

察覺手機來電的威任也停下腳步回訊。琬婷在機場的二樓，威任則在一樓，相隔很近，卻是咫尺天涯捕捉不到彼此的身影。

在陌生的城市，會讓人有探險的欲望，卻也會感到些許的害怕。

但在陌生的城市擦肩而過的，卻未必是陌生的人。

「S小姐。我衣服都擦破好幾件了，正想向妳索賠呢？方便說個地址讓我寄張請款單給妳嗎？」

「這樣問資料很遜耶。」

「我很認真。」

「小氣鬼。」

「好啦，我還有事，下次再聊。」

急著趕赴會議的威任，中斷在網路上萍水相逢的偶遇，慢慢走向門口。

「又是下次聊啊？這樣擦啊擦的，什麼時候才能擦出火花啊。」琬婷忽然如夢驚醒似的大叫一聲。「啊，曾琬婷妳在想什麼啊，冬天都還沒到，在思什麼春啊！」

隨後琬婷收起手機走出機場外，搭上計程車，一路遊覽北京的風光景色。

看著這座廣袤無垠的大城市，琬婷感覺自己彷彿是隱藏在高樓大廈後的陰影一樣，如此微不足道。不禁自問這麼渺小的自己，真能勝任這次的任務嗎？

琬婷不自覺捉緊自己顫抖的手，默默望著車窗外。

到達下榻的酒店後，琬婷將行李放至房間內。然後面向天花板躺在床上呼了一口長長的氣，將來到陌生國度的緊張和恐懼徹底釋放。

接著從床上像彈簧般一躍而起，準備好好逛逛北京市區，在晚上衝刺前先讓精神放鬆一下。

整整一個下午到傍晚時分，琬婷邊吃邊逛走遍了酒店附近的所有著名景點。

夜，剛過九點不久。

琬婷在酒店房間內和雯雯通著電話：「咪咪，還好吧？別給牠喝太多牛奶，會拉肚子喔。」

「曾琬婷，妳還真有良心啊。先問這隻營養過剩的貓，也不問我，好啦，翅膀硬了啦，現在受重用了前途一片美好，看不起我這種小職員了啦。」雯雯則手摸著貓，盤坐在床上講電話。

「我的大小姐,不用跟貓吃醋吧?」

「我沒吃醋,我是吃炸藥。」

「好啦,說真的,明天說明會的報告,妳要加油。」

「我知道啦。」

「國際漫遊很貴,我要掛了啦。掰掰。」

「掰掰。」

掛斷連線後琬婷拿出會議的相關資料,繼續演練著明天的報告。

「好,再把提案書的報告內容,從頭到尾演練一次。」

提案書標題寫著「收購遊戲蘋果(GA)提升企業價值的策略提案書。」

琬婷翻開第二頁目錄。依序寫著:

前言:C–GAME集團事業計劃與達成比率

市場的看法:C–GAME集團與其他同業公司的股價變化、股價分析

關於以收購GA提升企業價值之策略

GA之一:事業簡介,利潤狀況方面

GA之二:市場看法,股東結構方面

GA之三:收購價格與整體計劃

C–GAME集團股價預估:收購GA後的預測股價

收購資金的籌資方式:股票市場、債券市場的動向

手續費相關事宜

琬婷翻著提案書,比手畫腳的演練著報告時的狀況。

「依目前遊戲蘋果的市佔率,假如能夠順利收購的話,對C–GAME集團將觸角伸向
台灣遊戲市場的幫助很大……」

「股票分析師也一致對這策略,採取正向的認同……」

並模擬著可能會被提問的問題,以及該如何應對回答。

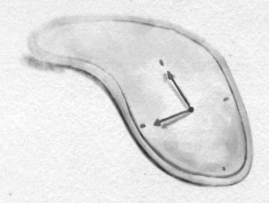

8

這次大型併購案的會場在國貿大樓舉辦，會議開始前30分鐘，驀然一輛豪華跑車以極速劃開風阻，卻在耍尾後穩穩停在大樓門口前，一個帶著墨鏡的挺拔男人瀟灑下車。

根據李副總裁給琬婷的資料顯示，這個男人非同小可。
是來自摩根銀行的江立偉，養尊處優的富二代，政商關係良好，幾乎每次合作的對象，都是從小看著他長大的叔伯阿姨。

從和這次主導併購案的客戶C – GAME的牛總裁打招呼，就不難知道他佔有多大優勢。
若是一般的員工或別的公司人員經過，必定得要恭敬的行禮才是。
「牛總裁好。」和牛總裁擦肩而過的員工道。
牛總裁微微頷首：「好。」
但換成江立偉，不同就是不同。
立偉來到牛總裁前：「Uncle，好久不見。」
「立偉啊，不錯、不錯，越來越像你爸爸年輕的時候了。等一下的聯合說明會好好表現，我很期待你的。」牛總裁拍拍立偉的肩膀。

「是，Uncle，我不會讓您失望的。」

這就是人家說的有關係就沒關係。而沒關係的人呢？就大有關係。

李副總裁給的亟需注意的標靶人物第二號，則是匯豐的陳威任。
人稱「談判王子」，曾經以旋風式談判締造在5個小時內，就搞定一件企業併購案的驚人紀錄。

只見威任走路有風地步進國貿大樓，小華緊緊跟在後頭。
「東西都帶了吧？」
「我再檢查檢查。」小華慌張地翻動公事包內的資料。
「找歸找，別露出一副慌張的模樣，我們賣的除了工作上的提案，還有專業的形象。」
「是、是。」
兩人搭上電梯，往會場所屬的樓層前進。

而熬夜K了一整晚戰前演練的琬婷，則是坐著計程車姍姍來遲，一下車便駐足在國貿大廈前，抬頭仰看著整棟大廈，嚴正宣誓自己的決心。
「但不管我的對手有多厲害，我只要全力以赴，對得起自己就行。」
然後跨步走進大廈裡。

在會議室外擺設像歐式自助餐的酒會，有多種甜點跟飲料供來賓取用。正式的說明會開始前，大家皆會在此交換名片和閒聊，是個認識商場名流的機會。

琬婷也依照禮數將名片遞給牛總裁，打聲招呼。名片上的職稱是組長。
「牛總裁您好，我是渣打銀行投資部的代表，曾琬婷。」
「就是代替李副總裁來的人啊，年紀輕輕，擔此重任，不簡單啊。」

牛總裁仔細地端詳著名片和琬婷本人，臉上充滿懇切神情。

「哪裡，等一下還請牛總裁多多關照。」

「在說明會開始前，多認識一些人吧。對妳以後有幫助的。曾組長。」

留下這句建言後，牛總裁便轉身離開。

「牛總裁，慢走。」看著名片上的頭銜，琬婷不禁有些心虛。「雖然現在名片上是組長，其實我真正的職稱只是個分析師……」

這名片之所以印成組長，當然不是單純失誤，而是有其箇中原由。

在琬婷出發到北京的前一天，李副總裁特地拿了一盒全新印製的名片給琬婷。

「妳的名片印好了，去的時候記得見人就發。名片盒裡的名片越少，代表妳的人脈越廣，懂不懂？」

「可是副總，我還有名片啊。」琬婷純真地回答。

李副總露出一副拜託妳開竅點的表情：「看清楚，不一樣。」

琬婷拿起名片仔細看，發覺職稱是組長。

「誒？副總，我只是分析師耶，怎麼職稱打成組長。」

「拜託，用個分析師這麼小咖的職稱怎麼出去見人啊？」副總用大拇指抵住小指，加強語氣強調小咖。「妳丟得起這個臉，妳副總我跟公司還丟不起呢？弄個組長，已經很不好意思啦。」

琬婷低頭應聲：「喔。」

「不用喔，這件案子要是搞得定。妳以後名片就用這個啦！曾組長。」

李副總意味深遠地對著琬婷笑了笑。

「真的嗎？副總。」

「妳副總我什麼時候騙過妳，好啦，不用叩謝皇恩，可以出去啦。記得把握機會，好好幹，公司不會虧待妳的。」

「是，謝謝副總。」

琬婷直到現在，還記得那時的雀躍心情。

握拳給自己加油打氣後，琬婷像蜜蜂般忙碌地穿梭在茶會裡，和人交換名片。

琬婷主動遞給立偉名片：「妳好，我是渣打銀行投資部的曾琬婷。」

「幸會。」立偉也將自己的名片給了琬婷。「我是摩根的江立偉，等一下的說明會，可要手下留情喔。」

「不，我才要請你高抬貴手。」

「妳不用那麼緊張，這次的說明會只是前哨戰，當然前哨戰的成敗，對後面能否搶到併購案的影響很大，但也不代表一切。」

「我看起來很緊張嗎？」

立偉指著琬婷套裝裡襯衫鈕扣。「妳的鈕扣扣錯了位置。」

驚覺失態的琬婷，趕緊轉過身遮掩並痛斥自己的誇張行徑。

「曾琬婷，妳這個大笨蛋。平常少根筋就算了，在這種時候怎麼這麼丟臉。」

琬婷又轉過身勉強撐起微笑。「不好意思，我到洗手間去一下。」

「好的，很高興認識妳。」

「我也是。」

告別立偉，琬婷快步走進洗手間，將鈕扣扣回應該在的位置，吐了一口大氣，試圖緩和自己慌亂的情緒。這時手機推播聲響起，琬婷看了一眼。

「L先生也在附近嗎？」琬婷搖搖頭。「現在不是想這種事的時候，這次的提案一定要表現好。」

琬婷將手機隨手放在洗手檯旁，然後洗了洗臉，看著鏡中的自己，加油打氣。

「好，忘掉剛才的失態。看我的單人版書呆子打氣法。」

琬婷對著洗手間的鏡子，模仿起NBA籃球明星林書豪獨創的書呆子打氣法。

「曾琬婷，加油。」

然後離開了洗手間，繼續在參加盛會的賓客間遞著名片，但重要的手機卻不慎遺忘在洗手檯上未取回，這時的她對於此事還渾然不覺。

「妳好，我是渣打銀行投資部的曾琬婷。」

琬婷將名片遞給了值得忌憚的第二號人物，陳威任。

同時也是和琬婷在社群平台上曾聊過幾次天的Ｌ先生，然而此時雙方還未洞察彼此那隱藏於虛擬中的身分，純粹將對方當成是第一次見面的競爭者而已。

「匯豐銀行陳威任，妳好。」威任也遞上自己的名片。

「這個人就是有談判王子之稱的陳威任，感覺好像很厲害的樣子。」

琬婷在心裡這麼想著。

「只有妳一個人來嗎？」威任露出一臉狐疑詢問著。

「是的。」

「原本負責這件提案的李副總裁呢？」

「副總將這件案子交由我負責，他則從旁協助我。」

威任冷笑一聲：「不愧是李副總裁，果然是尾老狐狸。怕輸給我或江立偉，恐怕會保不住面子。但也不應該隨便找個砲灰臉的新人，來頂替吧？」

「喂，你是什麼意思啊？」

絲毫經不起激將法的琬婷，隨即武裝上名為自尊的盔甲迎戰。

「意思是這次的併購案會由我們匯豐拿下。」

「這是宣戰嗎？」

「要不然妳以為大家是來開同樂會的啊？要不要買桶乖乖軟糖進來發啊。新來的，妳最好記住這個業界沒有永遠的敵人或朋友，為了利益可以把酒言歡，同樣為了利益也可以笑著捅妳一刀。最重要的不是來交朋友，而是認清楚這個『當下』，誰是你的敵人。」

「敵人，譬如你嗎？」

「這要靠妳自己去判斷。恕我失陪。」威任轉身離開。

看著威任趺扈離去的背影，琬婷皺著臉露出鄙視的神情。

「什麼嘛？枉費我本來還很憧憬談判王子會是個什麼樣的人，結果是個爛人。等著瞧，等一下的說明會一定要讓你知道我的實力。」

例行的會前聯誼轉眼結束，旋即進入了各家公司提報企劃案的流程。

充當開路先鋒的是江立偉，只見他神色自若報告著簡報，又辯才無礙地向台下的人說明提案內容。臉上不時掛著笑容，儼然有著臨危不亂的大將之風。
「一旦這個併購案通過，對於 C－GAME 集團本身，保守估計除了可降低10％營運成本外，同時將發揮規模效益，提升在業界的地位。」

反倒是看著台上立偉優異的表現，讓琬婷肚子開始因緊張而痛了起來，她的手緊壓著腹部，面部表情顯得猙獰而慘白。
「糟了，肚子怎麼那麼痛？可是快輪到我了，撐住、撐住。不要緊張，曾琬婷，妳可以的。」
嘴裡雖不斷安慰著自己，然而實際上琬婷的精神層面，卻陷入了擔心表現差而肚子痛，擔心肚子痛而表現差的惡性循環裡，難以自拔。

講台下忽然響起一片如雷掌聲，江立偉已搏得滿堂彩順利結束報告。

「接下來，請渣打銀行的代表上台報告。」
負責評判的主官牛總裁透過麥克風道。

在掌聲中，琬婷帶著資料強忍不適上台，照慣例先向台下觀眾行一鞠躬禮。
牛總裁：「請開始。」

隨著背後布幕上的簡報開始播放，慌張的琬婷卻在此時不小心打翻了資料，掉了滿地，倉皇地彎下腰撿資料，一臉茫然顯得有些不知所措。
「曾琬婷，妳在幹什麼啦？第一頁在哪裡啊？」
心裡的焦慮和自責，如破裂的水管即使奮力塞住裂縫，仍是泉湧而出。

牛總裁和台下的人露出或失望、或不耐、或幸災樂禍的表情。終於整理好散亂資料的琬婷，握緊拳頭站起，用指甲刺進手掌裡的疼痛驅離緊張感，開始進入報告的程序中。

「目前遊戲蘋果擁有良好的收費平台，和穩定的成長。這是該公司近幾年的財務報表，由成本營收比，啊，不對，是本益比來考量的話……」
琬婷因緊張而說錯話，另一方面肚子又開始痛了起來，表現因而大打折扣。
牛總裁搖搖頭顯得十分失望。

報告完後的琬婷，一臉沮喪的下台回到原座位失神地坐著。
「這就是我的表現，爛透了根本就不行，還大言不慚要讓別人看我的實力，真是遜斃了……」
比起用盡全力卻敗陣，因緊張而導致中箭下馬的情況，令琬婷更加懊惱。

威任則是最後上台的一位，但其表現卻是鶴立雞群出色非常。仍被沮喪囚禁的琬婷抬眼透過名為悔恨的欄杆，望見台上威風凜凜的威任，深深被其台風和自信徹底震懾住，連最後一點僥倖心理也在瞬間瓦解。

「兩家公司合併後，將增加收益，提升企業價值，對於股價也會有相當程度的上揚。我已經調查過遊戲蘋果被收購的意願，相信能以最低的價格達成這次的併購案。」
威任作結，在掌聲雷動中被簇擁下台。

會議的最後環節，由牛總裁上台劃下句點。

「關於這次的說明會，見識到了摩根、渣打和匯豐等三家銀行，對這次併購案的用心。接下來我們Ｃ－ＧＡＭＥ集團會針對這三個提案，進行內部研商。第二次說明會將在三天後舉行，希望到時能提出更具吸引力和可行性的提案，感謝各位這次的參與。謝謝。」

宣布散會後，與會的各方人士三三兩兩走出會議廳。琬婷簡單向牛總裁點點頭做個禮貌性的問候。便失落地轉身走出會議廳，摸摸皮包才驚覺手機已不翼而飛。

「啊，我的手機呢？啊，我放在洗手間了。」
琬婷靈光一閃，趕往洗手間取回手機，所幸安然健在。「好險還在。」

剛走出洗手間的琬婷，仍是滿臉寫著憂鬱，這時立偉主動前來搭訕邀約。
「曾組長。」
琬婷看到立偉禮貌性地點頭。「江先生，你好。有事嗎？」
「這附近我很熟，一起去喝杯咖啡轉換一下心情吧？」
「可是……」琬婷有些遲疑。
「走啦。老苦著一張臉，可是會有皺紋的。」
熱情宛如盛夏般的立偉，硬是拉著琬婷的手離開。

風和日麗，在附近的一座大橋上，立偉和琬婷倚著欄杆喝著剛買來的咖啡，讓自河面盪起漣漪的風，試著將煩惱全都帶走遠颺。

「我覺得自己好沒用喔！明明有個這麼好的機會，卻表現的一塌糊塗。」
但琬婷仍耿耿於懷著。

「選美大會，不是報告得好，就代表一定拿得下案子啊。」立偉卻雲淡風輕。
「選美大會？」
「所謂的選美大會，就是各家投資銀行必須互相競爭彼此間的優點，包含過去的實際表現、負責人的輝煌經歷，進行案件時的提案內容。讓客戶來選擇，最後要跟哪一家投資銀行來合作。妳不覺得這跟選美比賽很像嗎？」
「我都不知道還有這種說法，那我應該篤定落選了吧？」

「我說過這次只是個前哨戰而已，妳知道牛總裁為什麼要辦聯合說明會嗎？一般來講，只要投資銀行各別提出簡報就行了吧？」

「因為省時間嗎？」

面對琬婷單純近乎傻的揣測，立偉不禁揚起嘴角莞爾一笑。

「不，是要我們這三家脫穎而出的投資銀行，明刀明槍殺得血流成河，以謀取C–GAME集團在這次併購案，所能謀求的最大利益。」

「說得好像很陰險似的。」

「事實上就是這樣啊，而且將說明會分成兩階段，擺明就是要我們犧牲利益互相殘殺。但即便如此，即便看穿他的意圖，我們還是任由他擺佈，誰叫我們想賺他的錢呢？」

「這就叫人在江湖，身不由己嗎？」

「是啊，所以妳別太難過，人在江湖飄，哪有不挨刀啊？」

「謝謝你。」琬婷滿懷感激道。

豈料，立偉卻這麼回答她：「永遠不要跟你的敵人說謝謝，要不然對朋友妳只剩下對不起可以說。」

「我們是敵人嗎？」

「至少還不算是朋友。」

「那你為什麼要跟我說這些？」

「或許只是想找個人陪我吹風喝咖啡。」

「那咖啡好喝嗎？」

立偉看著琬婷的笑顏，語帶雙關道：「太甜了，我怕招架不住。」

兩人相視而笑。

「要走了嗎？我送妳回去。」

「我想再待一下。」

「那下次說明會再見吧。」

「嗯，掰掰。」

立偉轉身離開，同時掏出口袋裡因剛才開會而關上的手機，再度重新將其啟動。

琬婷目送了立偉一陣後，又將視線駐留於河面上這蜿蜒的美麗裡。

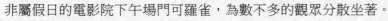

9

非屬假日的電影院下午場門可羅雀，為數不多的觀眾分散坐著。

威任、Candy中間隔著一個座位，也坐著。

「看了那麼多電影，只有一種片你沒帶我看過。」Candy一邊往嘴裡塞著爆米花，一邊若有似無地開了話匣。

「是什麼？」威任的語氣仍是如此平淡，一向如此平淡。

「愛情片。」

「只是因為我不喜歡看，太矯情了。」

「是嗎？我倒覺得是你害怕面對。一旦看見了愛，害怕發現自己沒有愛，不懂得愛，更不敢去愛。」

Candy的話一字字像子彈狠狠擊向威任的痛處。

「那妳呢？每次看電影時總買三張票，你和我之間總存在著隔閡。刻意避開人多的時段，又是為了什麼？」或許那也是Candy自己的痛處。

「你有你的喜好，我有我的自由。」

「是啊，本來我們都不會過問這些的。最近的妳好像愛上了這種無聊的話題，是偶像劇看多了嗎？」

「你愛我嗎？我們之間到底算是什麼關係？」

「這算什麼？偶像劇的台詞。」威任顯得有些厭煩。

Candy轉頭望向威任：「我很認真。」

「妳變了，以前的妳從不問這些話。」威任對這樣的轉變，無所適從。

「你不回答嗎？」

「我不想對妳說謊。」

「我要的東西好像跟以前不一樣了，曾經我以為有錢可以花，有卡可以刷，有個很帥的男人在床上哄我睡覺，就夠了。現在卻覺得空虛。」

「沒有比錢更實際的東西，生活只靠愛是活不下去的。」

「那只靠錢活得下去嗎？」

「至少我可以。」

威任堅定的語氣中，卻無一絲情感。

手機傳來震動，威任低頭看了一下手機。「我出去接個電話。」

避開威任走向門口的背影，Candy冷冷道：「說謊。」

「我不看愛情片，不是害怕愛，而是害怕會因此而憧憬愛的自己。」

威任在心裡獨白著，這番話卻無法對Candy開口。

Candy雙眼直視著前方直到電影散場，四周觀眾相繼地離場，只有自己彷彿被陷在時間停滯的颱風眼，動彈不得。

「我留下中間的這個座位，是一個問號？若你愛我，就會跨越這個座位，靠過來我的身邊，我知道你懂得這個問題。一直以來，我很害怕你的答案，直到現在，我才知道你比我更害怕。」

淚水如流星般閃耀，劃過Candy的臉龐凝珠墜落。

「害怕受傷而不敢全心全意去愛一個人，這樣的我們是否很蠢？」

Candy終於起身離場。

掠過工作人員名單的電影銀幕上，已出現THE END的字樣，劃下尾聲。

黃昏時分，助理小華開著車接送威任跟Candy，且透過後視鏡密切觀望著兩人互動。只見威任遙望窗外，Candy則是直視前方，互不交疊的目光將氛圍推向冰冷，又或者只是晝夜交替時，氣溫驟降產生的錯覺。

「剛才的電話是誰打來的？」Candy打破僵持。

威任回答：「我爸，要我陪他吃頓飯。」

「回去吧！不管你多討厭他，他終究是你爸。」

「那妳怎麼辦？」

「我一個人也可以過得很好。」Candy看向窗外。「小華，前面放我下車。」

「好的。」小華打方向燈，在前方靠邊停車，Candy旋即開門下車。

威任在門關上前道：「我再打電話給妳。」

「嗯。」關上車門，車又發動，呼嘯而去的車和Candy往不同方向漸行漸遠。

酒店房間裡，琬婷正透過電腦視訊和李副總裁，檢討這次的說明會。

「副總好。」琬婷聲音因愧疚而羸弱。

李副總裁厲聲道：「曾啊琬婷，妳上台報告還可以把資料給掉了，請問妳逛街會不會把自己給掉了啊。平常『應嘴應舌』聊八卦頂溜的，說明會給我吃螺絲啊妳。我問妳，妳有沒有覺得妳副總我，最近臉色有點不對啊？」

琬婷認真的看著螢幕裡的副總，一遍又一遍。

「真的耶，副總你是不是印堂發黑啊？」

「對啦，印堂發黑妳副總我還預約要去『祭改』咧！順便訂兩張機票一張去香港打小人，一張去泰國解降頭。妳副總我這張老臉，是被妳給丟在地上，讓人踩髒了。『知不知啊？』」（粵語）

「喔。」知道李副總裁在酸自己的琬婷，只得默默承受。

「喔，『芋啊番薯』啦喔。」

這時，螢幕上清晰可見佳穎端了杯茶，遞給李副總裁。

「副總別氣。」

李副總裁接過茶杯，一鼓作氣猛然飲下恍如像澆熄心頭怒火似的。

「這什麼茶，還不錯喝。」

「淡定紅茶。」

李副總裁喝完茶將茶杯塞回佳穎手裡。「我告訴妳，當年妳副總我被稱做M＆A金童，還有人要找我出書呢？」

「副總，這段故事你說過兩百三十三次了。」琬婷不知死活地吐槽。

「那我就再多說一次，湊成兩百三十四次。234讓妳愛相隨，一輩子記得妳副總我的愛之深責之切。」

「喔。」

「還喔。」李副總裁作勢拿起桌上的檔案夾要K琬婷的頭。雖然明知隔著螢幕打不到，但琬婷還是本能做出保護頭的反射動作。

緊接著，琬婷就被李副總裁捉在螢幕前乖乖聽訓了幾個小時才肯罷休。

柔和的昏黃燈光輝映在極富情調的擺設上，還有專屬的小提琴琴師在一旁獨自伴奏，酒餚無一不是精挑細選，無一不是價值高貴。坐在餐桌對面的是陳威任的父親，目前擔任政府高官的陳熙天。這間昂貴的西式餐廳，今晚已被他一個人包下全場。

「這間餐廳可是有錢也訂不到的。」熙天用刀叉將食物送進嘴裡。

威任輕啜一口酒回道：「所以能夠讓你這樣的達官顯貴，包下這整間餐廳請我吃飯，我應該心懷感激是嗎？」

「我為了請你吃這頓飯，動用了不少關係。甚至還得罪了一些人。」

「我從沒要求過你什麼。也別把你們那些複雜的利益關係和權力鬥爭，加諸在我身上。

我不是個官二代，只是個小資男。」

「這滿街的年輕人巴不得有個爹可以靠，當個官二代、富二代多愜意啊。怎你就跟別人不一樣？有我這麼一個爹，讓你很丟臉嗎？」

「你從不懂我要的是什麼？」

威任有些情緒失控，這些年來他和父親的交談始終沒有共識。

陳熙天將刀叉暫置於餐盤上。「你給過我懂你的機會嗎？一年跟我有沒有見上三次面，爹老了，我不曉得還能再看你幾年啊？你知道嗎？」

「是嗎？我倒覺得我給你太多的機會了，多到讓你覺得可以任意揮霍，多到讓你覺得無關緊要。從小到大，哪一次我的生日、我的畢業典禮，你來過？甚至連媽死的時候，你都沒見上她最後一面。現在後悔了？很抱歉，來不及了。」

「我陳熙天是為了國家在做事。」

「那叫國家來陪你吃飯吧！」

威任起身拿起椅背上的西裝，掉頭就走，甩西裝時打落了裝滿紅酒的酒杯，掉在地上，摔成粉碎。

陳熙天激動地站了起來。「你連頓飯都不能好好陪我吃嗎？」

「這不是在吃飯，這只是企圖用錢粉飾的一場虛假。」說完這句話，停滯的步伐再度邁開，威任沒有回頭。

陳熙天默默看著兒子離開，頹喪地緩緩坐下。

夜幕深，涼風捲起落葉在空中轉了幾圈蕭索，冷得有點刺骨。仍是車水馬龍車燈點點的大橋上，同樣傷心的琬婷和威任，分別在大橋的兩側漫無目的地走著散步，然後隔著車道遠遠擦身而過，此時手機推播聲響起。

琬婷、威任察看了手機，發覺又與對方擦肩而過，隨著次數增加相片也越來越清晰。兩人各自靠著橋旁的欄杆，傳送著訊息。

「L先生，又擦肩而過了。」琬婷打字速度捷足先登。

威任故作神秘：「是啊，不過今天S小姐妳也可以叫我B先生喔。」

「為什麼？」

「因為我現在的心情很BLUE。」

「我也很SAD。」

「所以我叫妳S小姐啊。」

琬婷會心一笑。「我今天搞砸了工作，你呢？」

「跟我爸吵了一架。」

兩人魚雁往返似的反覆傳著訊息，隨著時間流逝，橋上的車流量也逐漸減少。即使夜風颯寒，這一晚這一個偶然的擦身而過，卻讓琬婷感到心暖。

「關於M&A我也有點研究，我可以告訴妳一個容易被忽略卻很重要的點，或許能夠讓妳反敗為勝？」

威任好心提供建議給素未謀面的琬婷，想幫助她度過工作上遭逢的難關。

「真的嗎？」琬婷受寵若驚。

「當然，聽仔細了……」

透過字句，威任毫不保留的傳授著自己的秘訣。

不知不覺光陰荏苒，琬婷的手機閃爍著提示即將沒電的訊號。「啊，手機快沒電了。」

「回家吧，也晚了。」

「什麼時候才能看到你的廬山真面目呢？」

「或許是下一次的擦肩而過吧！」威任打趣道。

威任、琬婷各自收起手機，往相反的方向步行離去。

我現在的心情很BLUE。

我也很SAD。

10

翌日，琬婷一面拿著手機和在台灣的父母通著國際電話，一面在人聲鼎沸的北京鬧區逛來逛去，用心感受著和寶島不同的人文風情。

「媽，我很好。沒什麼事，我會記得買名產跟伴手禮回去。」

老家裡，琬婷爸帶著老花眼鏡假裝看報紙，其實在偷聽琬婷媽跟琬婷對話。

「要不要跟你爸說說話。」琬婷媽貼心地察覺了。

「好。」

琬婷媽拿話筒給琬婷爸。「跟妳女兒說話，啊，不是擔心得晚上都睡不著。」

「哪有啦！」琬婷爸死鴨子嘴硬地接過話筒。

「『餓鬼假細禮』。整晚動來動去一直碰我，還說沒有，害我以為你要給琬婷生個弟弟還妹妹咧。」琬婷媽毫不留情地在女兒前出賣著琬婷爸。

「妳女兒在聽，別亂講話啦。」琬婷爸比手勢要琬婷媽安靜。

在電話另一頭的琬婷則是聽得直發笑。

「琬婷啊！一個女孩子家出門在外，要小心一點。」琬婷爸老生常談叮嚀著。

「我知道啦，爸。」

「『好啦，沒代誌啦。』再見。」

「爸，掰掰。」

結束通話後，琬婷準備將手機放進手提包，誰知忽然旁邊竄出一個帶帽子的男人，搶了皮包就跑，琬婷趕緊一邊放聲呼救一邊慌張追了上去。

「搶劫啊！有人搶劫啊！」

奪路狂奔的搶匪分心注意後面的琬婷，不小心撞到從前面來的威任跟小華。

威任被衝撞而怒言相向：「我說你這人幹嘛呢？」

「長不長眼啊你？副總沒事吧？」助理小華同聲出氣，並攔住搶匪。

從後面追趕而來的琬婷氣喘吁吁道：「他搶了我的東西。」

「原來你是個搶匪……」威任恍然大悟。「啊！」

豈料，搶匪出其不意賞了威任要害一個膝蓋踢。「廢話，難不成我還是個條子咧。」

搶匪甩開威任、小華逃逸而去。「閃開。」

威任遠遠瞥了追上來的琬婷一眼，轉向小華發號施令。「追。」

「是。」小華操起手刀用百米衝刺的速度急追。威任在原地跳了幾下減緩疼痛後，同時馬上追去。兩人分從兩個方向包抄搶匪，展開一場追逐戰。

小華一馬當先用身體擋住搶匪，威任也從後面追了上來，搶匪左晃右晃企圖以假動作晃過小華，小華則如守門員撲球般預測搶匪動向。

小華摩拳霍霍：「看你往哪跑？」

「你還真纏人啊！」搶匪忍不住抱怨，隨即一個閃身突圍。

「這邊人稱北京的門神卡恩，我撲。」無奈小華失準撲空，跌倒在地，搶匪趁機逃逸無蹤。

「唉呦喂啊。」摔倒在地的小華痛得哇哇叫。

搶匪還不忘回頭調侃一番：「你這二貨要是卡恩，老子就是羅納度。」

威任趕到時，搶匪已消失人海裡。

「有沒有搞錯啊，這樣還讓他給跑了。你沒事，撲什麼撲啊？」面對威任的指則，小華端出一臉又痛又無奈的可憐模樣。

而精疲力盡追上來的琬婷，則是手叉著腰喘著氣，她的體育一向不及格。
琬婷問道：「追、追丟了？」
「是妳啊，渣打妹。」直到現在，威任才看清失主原來是琬婷。
「我有名有姓，叫曾琬婷。」
「知道啦，渣打妹，記得去報警。」
威任隨後伸手拉起還倒在地上裝模作樣的小華，準備揮揮衣袖離開。
沒想到琬婷急忙捉住威任的手，就像是海上漂流的人捉到救命的木板一樣。
「等一下。」琬婷著急道。
威任對於這突如其來的無禮，顯得有點不悅：「幹嘛？」
「我不認識路，陪我去。」
「蛤？為什麼我要陪妳去，幫妳追搶匪已經不錯了，自己去。」
「我在這裡人生地不熟，何況現在又沒手機、又沒證件、又沒錢，你幫一下會怎樣？」
琬婷苦苦哀求。
「我很忙。」威任無情地斷然拒絕。
「明明就在逛街。」琬婷別過頭小聲嘟嚷著。
但威任還是聽到了，對於壞話他總是特別敏感，在公司裡素有壞話雷達之稱。
「我是路過好嗎？」

這時，小華出乎意料地替琬婷幫腔：「我看她也怪可憐的，副總我看不如就幫她一把吧！」
「為什麼我要幫我的競爭對手？」威任似乎不打算賣這個面子給小華。
琬婷嘟嘴道：「你一個大男人，『雞仔腸鳥仔肚』怎麼度量那麼小啊。」
「講什麼方言呢？聽不懂，總之，妳自己想辦法。」

瞧見琬婷一副泫然欲泣的模樣，小華再度開口求情：「副總啊，我看不如順便送她去……」

「你有完沒完，你是領她的錢還是領我的錢啊。」

威任使起性子來了，卻沒料到一向選擇妥協的小華，這次卻發起了飆反抗！

「是，我是領你的錢，那又怎樣啦。那是我付出勞力換來的，不代表我啥事都要聽你的！枉費在飛機上，看你見義勇為，我還以為你是個新好男人，值得效法的楷模，想說我跟對人啦。沒想到你今兒個怎就變了一個人！看她這麼可憐從台灣一個人飛過來，啥都沒了也不幫幫她，我要是不站出來，真把我當做人形看板了，我還在喘氣著呢！」

「你……」因為對於小華的激烈反應過於驚訝，威任竟一時答不上話。

「我怎麼著了我？說你高真把自己當姚明了是吧？說你富真把自己當陳光標了是吧？說你帥真把自己當劉德華了是吧？高富帥，我呸。」

「你現在在大聲什麼？」

威任回過神來，決定以氣勢捍衛身為上司的尊嚴。

但小華卻也絲毫不退讓：「我就是要大聲，我就是要嚷嚷，讓這街坊鄰居全都來評評理。我拍你馬屁拍那麼久了，給我加過薪嗎？給我升過職嗎？啥談判王子，買東西要是沒有我跟在後頭幫你殺價，你還被當冤大頭宰呢你。」

琬婷輕碰小華肩膀。「欸，你好像離題了。」

「小妹，咱們別理他，我帶妳去找警察。」小華拉著琬婷的手要離開。

「喔。」

小華離去前還對威任嗤之以鼻：「哼！」

威任雙手叉腰，看著兩人離去，感到憤怒卻又莫名其妙，自己到底招誰惹誰？

「喂。造反了這……」

本打算從反方向拂袖離去，但想想後覺得不對，無奈地隨著兩人走去。

片刻後，威任帶頭走出警局，琬婷、小華則緊緊尾隨在後。

威任回頭看向琬婷跟小華。「這樣可以了嗎？兩位。」

「謝謝你。」琬婷誠摯地表達感謝。

見風使舵的小華趕忙捉緊時機奉承：「當然，像副總這麼路見不平，拔刀相助的好人，現在這個社會已經不多了啊！」

「你剛才好像不是這樣講的。」威任挑眉道。

「實不相瞞，我早就懷疑自己有失心瘋的傾向，醫生說只要賀爾蒙一失調就有可能發作啊！一定是剛才捉搶匪時太激動了，才會發病。副總你千萬不要放在心上，就忘了吧！」

「你有失心瘋，我可沒有失憶症。那些話我會留著在年底打你的考績啊。」

「不要吧。」小華滿臉無奈，悔恨因一時情緒而說錯了話。

威任從自己的皮夾裡拿出一點錢，塞進琬婷手裡。「搶匪不知道什麼時候才捉得到，錢也不知道拿不拿得回來，這些錢先給妳應急，有錢再還我 。」

「真的很謝謝你。」

「不用。小華，走了。」威任轉身揚長而去，小華跟琬婷揮手道別後跟上。

琬婷看了看兩人離去背影逐漸隱沒，又看了看手裡的錢，顯得有些徬徨。

像忽然驚覺到了些什麼，琬婷猛然抬頭。「對了，這裡怎麼走回酒店啊？」

鬧區附近的某間高爾夫球場內，正進行著一場企業和政要的富二代，彼此保持關係以及培養感情的球會，來者自是非富即貴，江立偉當然也列名其中。

立偉揮出一桿飛得很遠。Jason手搭涼棚遠望著球。

「喔，Nice Play！」

Mark則手搭在立偉肩膀上，半開玩笑道：「欸，你就不能讓我們一下嗎？」

「這可是有賭注的，當然不能輕易放水啊。」立偉調整了一下頭上的遮陽帽。

另一名富二代Leo則架勢十足，準備揮個足以飛越半場的大桿。

「換本少爺大展身手啦。飛吧！」無奈人算不如天算，小白球竟栽進沙坑。「啊……慘了。」Leo搔了搔自己蓬鬆的頭髮，露出可惜的表情。

Mark則取笑Leo道：「不愧是沙坑少爺，球又掉進沙坑啦。」

Leo則埋怨道：「立偉，根本不可能會輸嘛。看來又是我們三個搶買單了。」

Jason看向球場一端，有輛車漸漸靠近。「那可未必，立偉的對手來囉！」Jason指向車上的人。

立偉和Mark、Leo同時轉頭觀看，只見整裝待發的威任赳赳氣昂昂的走來，助理小華則充當桿弟揹著球具，緊跟在後。

「威任，還以為你不來了。」Mark熱情地打著招呼。

威任聳聳肩：「遇到鬼打牆，還是一個麻煩鬼，所以耽誤了一點時間。」

同時走在北京鬧區的琬婷，彷彿有感應似的打了一個噴嚏。

「哈啾！誰在想我啊？」琬婷用食指揉了揉鼻子下端。

剛到球場中途參戰，威任一開球便直飛果嶺一口氣追上眾人。

「哇塞，你就不能有一次高於標準桿嗎？」Leo驚呼道。

「就算我高於標準桿，有沙坑少爺、水池哥和果嶺絕緣者組成的買單者聯盟在場，要墊底我看也不是件容易的事。」

威任揮揮球桿，順便練練嘴皮消遣著 Jason和Mark、Leo三人。

Mark道：「你這小子，講話還是這麼尖酸刻薄的，早上吃檸檬了你。」

威任回答：「實話，總是不好聽的。」

Jason則道：「那說句奉承的謊話來聽聽。」

威任回答：「我不對男人說謊。」

Leo合理推測道：「那是對女人說啦？」

「我不否認。」威任揮桿，又是一記好球，球已從邊緣攀上果嶺。

接著換立偉開球，同樣是一記飛越晴空的好球，上了果嶺。立偉和Jason、Mark、Leo三人相繼擊掌後，走向威任。

「怎樣，有信心贏我嗎？」

威任依然故我的冷傲：「是說打球還是併購案？」

另外三人也照著順序揮桿，可惜表現都是差強人意。立偉看了一下其他人的表現，又回頭跟威任繼續對話。

「看你想回答哪一個囉。」

「從小時候認識你開始，我就沒輸過。」

「對於勝利的企圖心我確實比不上你，我無法那麼執著。對我而言人生只是場遊戲，最重要的不是勝利，而是如何從中獲得樂趣。」立偉燦爛笑道。

「還真是典型富二代的心態啊！」

Mark 揮著手叫威任過來，輪到他打擊。「威任，輪到你了。」

威任跟立偉一邊肩靠著肩走向白球落處，一邊繼續聊著。

「你呢？放著官二代不作，還在跟伯父嘔氣？」

「家家有本難念的經。」走上果嶺，威任將球擊向洞口附近徘徊。

「旗開得勝，好兆頭。」

立偉也在果嶺擺出一擊必進的姿態，隨即腰一擺大桿一揮，可惜球竟在洞口繞了個彎，最後仍停在果嶺上，距離洞口不過5公分不到。

威任拿著水瓶喝水冷眼旁觀：「功虧一簣，別傷心。」

「不是第一，也墊不了底的。」立偉走下果嶺。

威任不以為然道：「可惜這個世界不是第一，就是垃圾。」

「總有中產階級吧？」立偉反駁。

「你不知道現在是M型社會嗎？」立偉聞言不禁莞爾。

這時，Jason插了話：「聽說你們兩個在競爭同一個併購案啊？」

威任跟立偉對望一眼，異口同聲回答：「是啊。」

Mark說：「應該還有其它人吧？」

立偉回答：「還有一個渣打銀行的曾琬婷。」

Leo一聽到話題裡出現女人，旋即像瞬間移動似的湊上前來。

「漂亮嗎？」

面對突如其來的問題，立偉歪著頭思索了一會兒道：「嗯，是個有趣的人。」

「是嘛？我倒覺得她只是個笨蛋，還是個很愛惹麻煩的笨蛋。」威任露出不屑的表情，果斷且強硬地反駁著立偉的論調。

發問的Leo作下結語：「不正面回答我的問題，肯定是個正妹。」

Mark一個橫抱勾住Leo的肩膀消遣道：「你還嫌自己不夠忙啊？要不要我打電話給Kelly、 Sandy、 Tiffany 還有詩詩、冰冰、小仙兒……」

「行、行、行，我不問了總行吧！」被捉住痛腳的Leo宣告放棄。

威任走上果嶺，準備擊球。

「你怎知道她愛惹麻煩？是熟人？」立偉跟上追問。

威任啐嘴道：「沒那麼倒楣，跟她熟。」對於之前在路上和琬婷共度的那件搶劫案，威任恨不得趕快遺忘的一乾二淨。

「她不錯啊，看起來沒什麼心機，挺單純的。」

「這麼有好感，需不需要我幫你安排相親啊？」

立偉捉住語病回道：「都能替她安排相親了，還說跟她沒交情？」

威任揮桿，球應聲進洞。

「你還是先擔心併購案吧。」

立偉輕笑以對。

11

琬婷一邊向人問路，一邊尋找著返回酒店的路，東奔西跑，時間隨著步履吋吋流逝，卻還是脫離不了在這陌生國度的迷途，直到入夜。

琬婷疲累地走在街上，小腿痠痛不已。「酒店到底在哪裡啊？坐計程車又怕錢不夠用……」

剛離開高爾夫球球場的威任，將球具整理上車，便走連接鬧區的主要幹道準備返回住處。

無預警的大雨轟然降下一大片灰濛，淋濕了在街頭迷途的琬婷，琬婷用手遮蓋著頭部試圖隔絕雨水，並搜索著可供遮蔽的建築物暫時棲身。
這時，在車裡和琬婷錯過的威任，瞧見了一身濕漉漉的琬婷，在雨中無助地走著。
「是那個笨蛋。小華，前面停車。」
車停下，威任捉起雨傘。由後照鏡中看見立偉的車，閃著方向燈準備停靠。
「糟了，不能讓立偉比我快。萬一那個笨蛋，把我們的事講出來，我可就顏面盡失了。」

威任以迅雷不及掩耳的速度打開車門，慌張下車。同時立偉也靠著路邊停下了車，準備拿雨傘去給琬婷，剛打開車門。只見威任冒雨突然跑到琬婷身邊，並盡量背對著立偉的方向，不讓他看見自己的臉，然後一手抓起琬婷的手，就往前方放足狂奔。

威任堅決道：「跟我走。」

「喂！」不及反應的琬婷，就這麼被威任抓著在雨中的人行道上跑了起來。

立偉撐著傘探身出車門外，看著琬婷和威任漸行漸遠。

「是我看錯了吧？」立偉回到車內，驅車離去。

雨勢漸大，在車內駕駛座上等候的小華看不清楚窗外的情況。

「奇怪了，副總到底去幹嘛呢？怎瞧不見人影了。」小華眉頭一皺繼續等候。

威任緊抓著琬婷的手狂奔，另一手捉著雨傘卻忘了打開。

「雨、雨傘。」琬婷上氣不接下氣提醒著。

雨聲和風模糊了呼喊，讓威任聽不清楚琬婷說了什麼：「妳說什麼？」

「我、我跑不動了。」瀕臨極限的琬婷終於停下腳步，威任也跟著停下來。

「雨、雨傘。」琬婷指著威任的手，再度提醒。

威任看向手裡的傘，恍然大悟：「對喔。」

撐開了傘，但兩人渾身早已溼透。

「你幹嘛拉著我一直跑啊？」

「我才要問妳幹嘛在雨中散步，妳以為在拍偶像劇啊？」

「那我們還要在雨中講嗎？」

「走啊！停下來的人是妳耶。」

琬婷因跑得太累而用手壓著肚子，跟著撐傘的威任往前走。

雨還在下，某冷氣開放的簡餐店裡渾身濕透的威任和琬婷同桌對坐，並各自點了一份套餐。威任將溼掉的西裝脫下，放在隔壁椅上。

「跟我走。」

「我很聰明吧！在這邊吹冷氣衣服就會乾了。」琬婷沾沾自喜。

威任不以為然反諷：「假如我感冒發燒，記得幫我掛號。」

「你很虛耶。像我，跟台灣黑熊一樣『勇啦』。」琬婷比起強壯的手臂。

「用熊來形容自己的女人，我還真是第一次聽到啊。」

「那一定是因為你都不聽女人說話。」

「對，算我孤陋寡聞。那妳現在可以說了嗎？妳不是只剩我借妳的那點錢，不回酒店，跑這麼遠來閒晃什麼？」

「我、我迷路了啦。」

「迷路？不會搭計程車啊。」

「我怕錢不夠。」

「真是夠了，我都不知道要怎麼說妳了。」

「那就別說了。」

感到不爽的威任伸出食指跟中指，作出要插眼的動作，恫嚇琬婷。琬婷則本能地拿起餐具，做出十字防禦。

用完餐後，雨也停歇。美中不足的是身上淋濕的衣服還未徹底吹乾，但不想繼續賴在餐館裡的威任和琬婷，還是乖乖付帳離開。然後在路上閒晃著。

「你要帶我去哪裡啊？」琬婷問。

威任一副好人做到底，送佛送上西的無奈表情道：「路不熟，很多地方都沒去過吧？時間還早，帶妳逛逛。」

嘴硬心軟的威任帶頭領著路走，琬婷則在浮現一抹偷笑後快步跟上。

兩人一連跑了好幾個景點，最後到王府井的東堂教堂，附近還有街頭藝人在吹薩克斯風。

「哇，有玫瑰花園耶。」琬婷驚呼。

「有沒有聽過這座玫瑰花園的傳說？」

「都市傳說嗎？怎麼可能聽過，我又不是北京人。」

威任吊胃口道：「想聽嗎？」

「別賣關子，快說啦！」

「傳說要是能夠晚上九點在這座花園摘到21片玫瑰花瓣，就能和命中注定的另一半換來一次擦肩而過。」

威任低頭看向手錶。「正好九點了。」

教堂同時響起鐘聲，餘韻迴盪在被夜幕覆蓋的花園裡，繞樑久久而不散。

琬婷迅雷不及掩耳摘了一朵玫瑰。

「喂，妳還真的摘啊，小心抓妳去關啊。」威任出聲喝止。

琬婷用食指抵住嘴唇，比出要威任安靜的動作。「這叫有花堪折直須折，莫待無花空折枝。」

「挺有文化的嘛，要不要去警察局好好發表妳的謬論。」

「沒有人看到有什麼關係。」

威任搖搖頭，逕自往前走去。

「等我啦。」琬婷一邊走，一邊拔花瓣數數。「18、19、20……21！真的是21瓣耶。」

「黑熊妹，妳不會真的相信吧？臉都紅了。」

臉上忽然泛起紅潤的琬婷追問道：「你騙我啊？」

「沒有。」威任敷衍回答。

威任轉身靠著河堤欄杆，琬婷也湊了過去捉著欄杆望向另一端的夜景。

「第一次來北京？」

「嗯。」

「坦白講我真懷疑李副總裁腦子裡在想什麼，就算要找個湊數的，起碼找個見過世面的。何況這個併購案，最早送案子的可是他啊。」

「是嗎？我都不知道。」

「我能體會。瞧妳這資質，講太多怕妳承受不了吧？」

「不要小看我好不好，上一次的說明會我只是不小心失常了。」

「是嗎？那我就等著看……」

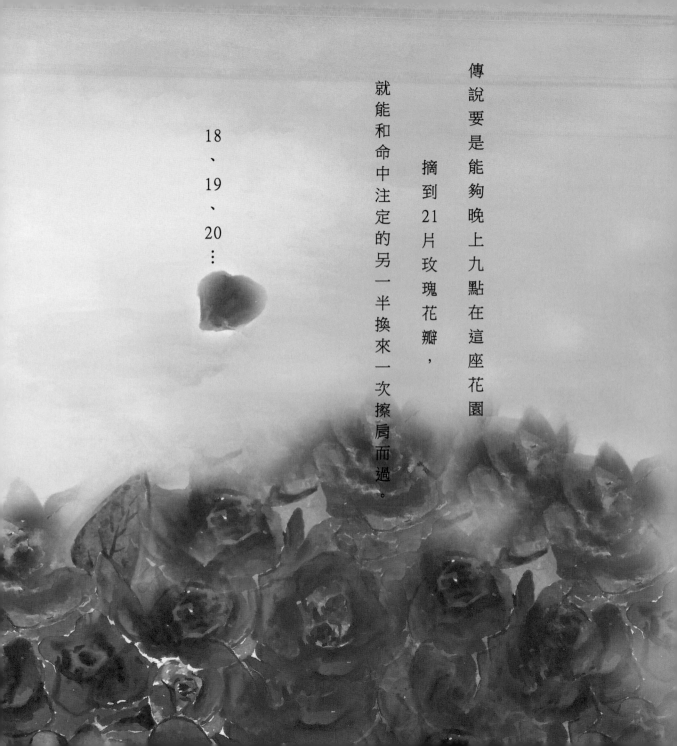

傳說要是能夠晚上九點在這座花園

摘到21片玫瑰花瓣，

就能和命中注定的另一半換來一次擦肩而過。

18、19、20⋯

突然琬婷眼前一黑，從欄杆旁倒了下去。

「喂。」察覺異樣的威任急忙攙扶住琬婷，用手摸她的額頭。

「好燙，發燒了。」威任揹起琬婷，準備求醫。「難怪臉那麼紅，原來是發燒了。還說是台灣黑熊，我看只有體重像吧！」

威任揹著琬婷離開。「喂，撐住啊。」

矮櫃上放著寫著曾琬婷的藥袋，和一杯剩一半的白開水。日光燈照在昏睡的臉龐上，彷彿被打光的蘋果。琬婷就這麼躺在威任的床上睡著。

威任則在旁邊無微不至地照顧著她。「還真是個麻煩製造機啊妳。」

當然，還伴著像機關槍掃射般毫不間斷的抱怨字句。

威任替琬婷換上覆蓋在額頭降溫的毛巾後，看著熟睡中的琬婷，這表情出乎意料地吸引人，一時情不自禁竟緩緩地靠近了她的臉龐。

在即將吻到琬婷時，手機忽然響起，威任如驚醒般起身，接起手機。

手機裡傳來小華的聲音。

「我的副總啊，你終於肯接電話了。我說你倒底是跑哪去了啊？」

「還不是那個黑熊妹，啊，算了。反正我到家了，你也早點回去休息吧。」

「好，那副總明天見。」

「嗯。」

通話結束，威任看了一下Love Somewhere的介面，沒有關於S的訊息。

然後又回過頭看躺在床上的琬婷，吐了口氣道：「真危險，差點就成了趁人之危的禽獸。」

在轎車內的小華切斷通話後，看著手機自言自語。「看來人是在家裡啦。副總啊副總，你可千萬不要連禽獸都不如啊！」

助理小華放下手機，準備開車。「好，回家囉。」車子迴轉，揚長而去。

心緒剛撫平的威任倒了一杯加冰的酒放在床右側的矮櫃上，一邊在床左側練習高爾夫揮桿，一邊照看著熟睡的琬婷以免病情有所變化。
夜闌人靜，是特別容易觸動心弦的時刻。威任想起了Candy，也想起了未曾謀面的S小姐，然後看著琬婷想起了兩人間曾發生的點點滴滴。
「愛啊，怎樣才算愛呢？」
威任隨手將球桿輕靠在床左側牆上，繞到右側的椅上坐著，拿起矮櫃上的酒啜飲了一口。然後將加冰的酒又放回矮櫃上。

天微微亮，晨曦透過半掩的窗簾照入，矮櫃上的酒冰已融化殆盡。
威任在床榻旁的扶椅上仰頭大睡，此時矮櫃上的手機聲響起。
琬婷聽到聲響，本能無意識地抄起床旁的高爾夫球桿，往反方向打去，落點正是在椅上成仰睡狀的威任要害。
「啊！」旋即只聞威任一聲痛徹心扉的驚叫，直掀了屋頂。

琬婷低著頭頻頻鞠躬道歉。
「抱歉，有一件怪事纏著我，就是每天早上起床鬧鐘都會壞掉，今天我終於知道為什麼了。」
威任又氣又痛道：「妳現在是把我的……那裡，當鬧鐘在打是吧？好險是打到大腿，要是妳再準一點，我就可以去練葵花寶典了。」
「不要這樣嘛，我還在生病耶，咳……」琬婷用爛透了的演技，企圖裝可憐博取威任的同情和原諒。
「好，妳給我繼續躺在床上休息，等一下小華會送早餐來。吃完了早餐給我乖乖吃藥，病好了就快滾。」

這表情出乎意料地吸引人，

一時情不自禁竟緩緩地靠近了她的臉龐。

氣憤填膺的威任怒喝後，轉身打算要走出房門，眼不見為淨。琬婷則在背後做起鬼臉發洩不滿，威任突然又轉過頭來，琬婷趕忙恢復原狀裝作沒事。
「有什麼不舒服的，記得告訴我。」
「喔。」
威任走出房門。

安頓好琬婷後，威任搭上小華開的車準備開始今天的行程。與此同時，琬婷則在威任家裡的餐桌上，正狼吞虎嚥吃著豐盛精緻的早餐。
「副總，看來昨天是好事成了。」
「少亂想，我跟Candy還沒分手好嘛。我不會對不起她。」
「但你跟Candy姐的關係，似乎跟一般愛人的關係也不太一樣啊！總覺得少了點什麼……」
老實說，不只小華這旁觀者這麼覺得，在威任心裡也不知道重覆問過自己多次，Candy和自己這種關係，到底算是什麼呢？
但他不需要答案，只要Candy需要他時他能出現，他需要Candy時Candy同樣能陪伴在他身邊就已足夠。所以每當想起這問題的答案，總會輕輕帶過。

「昨天幫著那黑熊妹罵我，我還沒跟你算帳呢！現在還想挖我的八卦，小華是不是最近北京的天氣太乾，你皮在癢了啊？」
話鋒一轉，威任又迴避了這個問題的答案一次。
「我自己會去看醫生，不勞您動手、不勞您動手。」

突然手機響起，威任接起手機是來自警察的通報。
「我是。好，我去幫她領。」手機通話結束。「小華，到昨天的警局去。那搶黑熊妹的搶匪抓到了。」
「要不要先回去載她一起去。」

「不用了，讓她多休息一會兒吧。」

踏進警局內，搶匪跟威任隔著桌面對面坐著，警察則坐在兩人中間。

「沒錯，我昨天追丟的就是他。」威任仔細確認完搶匪的臉後，這麼說道。

警察把手提包交給威任。「點點看，你女朋友的東西有沒有少？」

「她不是我女朋友。」

「那她是你親人？」

「我跟她長得像嗎？」

威任瞪向警察，一臉不悅表露無遺。

警察也火了：「邪了門了，奇了怪了，她不是你女朋友又不是你親人，你來幹嘛？東西又怎麼能給你呢？」

警察伸手要拿回手提包，威任伸手阻止。

「幹嘛呢你！」警察喝道。

這時，小華趕緊出來打圓場：「她不是女朋友，是他的老婆。」

「蛤？」威任回過頭緊盯著瞎扯的小華，眼神裡透出像是要把小華給分筋錯脈，然後拆了骨頭熬湯的極凶目光。

別過威任的視線，為了順利達成目的，小華心一橫繼續圓謊：「對，就是這麼回事。你看追搶匪的是他，來報警的也是他，現在來警局領東西的還是他。不是他老婆幹啥費那麼大的勁呢？你說是不是？」

「難怪我覺得他們倆有夫妻臉，果然是一對兒。」警察頻頻點頭。

威任反應激烈道：「夫妻臉？誰那麼倒楣跟她……」

警察雙眼緊緊瞪著威任，一副等他否認就要抽回手提包的模樣，蓄勢待發。

騎虎難下的威任勉強擠出笑容：「對，就是有夫妻臉，大家都這麼說呢！」

「好啦，趕快檢查一下」

威任隨即用手機打回自己家裡，琬婷接起電話。

「喂。」

「黑熊妹，我現在在警局 ， 妳手提包裡有什麼東西啊？趕快講出來，我幫妳檢查看看還在不在。」

「誒？你不要亂翻啦，我自己去看。」

「妳知道路怎麼走嗎？要是再走丟，可不會再有人去救妳。」

「好啦，別那麼兇。我想想看，有手機、護照、身分證、健保卡、人民幣五千多塊……還有唇蜜、眉筆、粉餅盒，對了，要認明那個粉餅盒外面的圖案是Hello Kitty喔！」

威任一邊聽手機，一邊翻著手提包檢查。

「黑熊妹講重要的就好，不值錢的就不用講了。」威任不耐道。

琬婷嚴正聲明：「可是那對我很有意義耶！」

「意義？」

「意義是『三小』，我只知道義大利。」小華插嘴曬著電影對白。

卻換來威任跟警察同時白眼，不約而同瞪向小華。

兩人異口同聲道：「好笑嗎？」

「我只是一時心血來潮，沒事的大家繼續。」小華尷尬地將氣氛帶過。

威任回過頭繼續講電話。「還有什麼？好啦、好啦，我等一下就拿回去給妳，好好休息不要亂跑。」

12

門鈴聲驟然作響，病軀已經好轉的琬婷，猛然從沙發上躍起。以為是威任帶著她的皮包回來，興高采烈地跑去開門。

「我的手提包……」

豈料，門一打開出現在她眼前的是一個貌似幹練，上了年紀的男人。

「請問你是……」琬婷收斂起放肆的態度。

男人語調沉穩道：「我來找陳威任，我是他爸，他在嗎？」

來訪者正是陳熙天。

「他不在，不過很快就回來了。不如進來等吧，請進。」

琬婷打開門請熙天進入。熙天入內後，琬婷將門緩緩關上，並倒了一杯茶給熙天，深怕怠慢了他。正當熙天打算詢問琬婷跟威任的關係時，門鈴又響起。

琬婷慌忙地跑去開門，一打開門映入眼簾的是拿著手提包的威任，尾隨在後的小華則提著一袋塑膠袋，裡頭裝滿從超商買的零食飲料。

威任一瞧見琬婷劈頭就說：「說蛤！」

「蛤？」不明所以的琬婷，張大了嘴表示疑問。

威任以電光石火之姿從小華的塑膠袋裡，抽出一根溫度計塞入琬婷嘴裡。

「別拿出來。還有妳的手提包。」威任將手提包塞給琬婷。「藥有沒有吃？」

「有啦。」含著溫度計的琬婷含糊說道。

「有人在裡面？」敏銳的威任，察覺到家裡面似乎還有別人存在。

琬婷說：「對了，你爸來了。」

威任臉色頓時變得凝重。「原來是他啊。」

盛氣凌人的威任走了進去，與熙天對上眼，卻是選擇緘默不語。

「怎麼連一聲爸都不會叫了？」熙天先開了口。

威任走到窗戶邊，看了一下窗外。「沒下紅雨啊，你來幹嘛？」

一時間，氛圍僵持降至冰點，隱然有股劍拔弩張的肅殺之氣蔓延著。

處於旁觀狀態的琬婷跟小華，則同時轉過身背對客廳，然後彎下腰講悄悄話。

「欸，他們父子的關係是不是不好啊？」琬婷問。

小華語帶無奈：「正所謂每個人家裡都有一缸狗血一缸醋，打翻了醋，吃顆糖就沒事了。要是打翻了狗血啊，那可是滿身腥啊……」

「到底是怎樣啦？」

「這事不能說太細，看著辦、看著辦唄。」

商量告一段落，琬婷、小華又轉過身看發展，威任則坐到熙天對面的沙發上。

熙天肅容道：「你還欠我一頓飯。」

「你知道謊言和誓言的差別嗎？」威任又開了話題問道。

「是什麼？」

「一個是聽的人當真了，一個是說的人當真了。請問你是哪一個？」

「有些事我該說的已經說過了。」

熙天瞄了一眼旁邊的琬婷跟小華，並不想在外人面前談家務事。

威任甚感不滿道：「看來當真的人從不是你。」
威任、熙天四目相接，氣氛僵持。

「那個，也快中午了，不如就留下來吃個飯吧。」
琬婷試著要打圓場而跳出來。威任看向還咬著溫度計的琬婷的樣子，只感到又好氣又好笑，卻還是緊繃著臉快步走過去一把要抽出溫度計，琬婷卻咬著。
「咬上癮了啊？下次要不要給妳買個櫻桃口味的。」
琬婷鬆口，溫度計順利取出。
「我比較喜歡草莓口味。」琬婷低聲嘟嚷著。
威任看了看溫度計。「36度，看來是退燒了。」

熙天略帶著點訓斥的意味道：「照顧個女人，照顧到人家都病倒了，你也沒多厲害嘛？」
聞言，威任火冒三丈重砲反擊：「至少她生病的時候，我在她身邊；至少她難過的時候，我在她身邊；至少在她想要個依靠的時候，我在她身邊，有肩膀可以給她靠。那你呢？」
威任回頭緊盯著熙天，簡直像是用眼神在出拳對抗似的。
熙天激動站起：「我可以給她請最好的醫生，住最好的病房，吃最好的藥。」
「但你卻不能陪陪她。」威任冷冷地反駁。
威任跟熙天再度陷入僵持。
為了過去在他們生命中最重要的那個女人，言詞激烈地針鋒相對著。

見狀況不妙，小華用肩膀輕撞琬婷，擠眉弄眼地要她想想辦法化解尷尬。
「啊，我去看看冰箱裡有什麼菜，很快就煮好了。你們看電視休息一下嘛。」
怕惹麻煩的琬婷，隨便搪塞個藉口轉身逃進廚房。
小華順水推舟：「對，看電視，看電視好。」立馬拿起遙控器打開電視。

電視裡主播正播報著最火的新聞事件。「接著報導一則骨肉相殘的新聞，有一名老父於今早和兒子在大街上吵了起來，隨即扭打成一團⋯⋯」

「這在報什麼呢？真是的。」因話題太敏感，識相的小華趕緊轉台。

另一台的主播道：「國際新聞，日本警方終於逮捕了日前在街頭流竄的隨機殺人魔，據其供稱是因為被父親責罵後，心生不滿，所以開始⋯⋯」

「就不能報些正面消息嗎？給點溫暖、給點光明、給點愛吧！」小華臉部肌肉因驚懼而抽動著，冷汗直冒蹲在電視機前，猛按遙控器轉台。

這天殺的巧合，弄巧成拙的程度，令小華不禁在心裡狠狠咒罵著上天的無情。

威任、熙天則互看一眼後，別過頭錯開彼此視線，陷入漫長的沉默。

餐桌上以琬婷、威任、小華、熙天的順序順時針坐在餐桌的四方，鍋墊上的不銹鋼鍋正冒出騰騰熱氣裊裊白煙，裡頭則是泡麵加上青菜和蛋。

威任有些不敢置信：「妳煮了大半天，就煮出這鍋方便麵？」

琬婷理直氣壯反駁：「越簡單的菜越能看出一個人的廚藝，懂不懂啊？」

隨後琬婷主動為每個人盛麵，並依輩分作先後順序。

「伯父，請。」琬婷將第一碗泡麵遞到熙天面前。熙天凝視著碗裡寒酸的清湯掛麵，遲遲沒有動筷。

然後威任、小華和琬婷三人也依序拿到了盛好的麵，各自吃了起來。威任看向沒有動筷的熙天，熙天依舊低著頭看著麵，良久終於拿起筷子開始用餐。

琬婷迫不及待問：「好吃嗎？」

「妳知道平常他用魚翅在漱口的嗎？」威任澆冷水道。

「那又怎樣，我又沒問你。何況山珍海味吃多了，換個清粥小菜也不錯。」

威任用筷子撈起麵停在空中。「這連清粥小菜都不算好嗎？」

沉默許久的熙天，在吃了幾口麵後卻道：「這味道很不錯啊。」臉上的神情五味雜陳，

彷彿吃到什麼難得一見的佳餚似的。

「真的嗎？」歡欣難抑的琬婷轉頭向威任炫耀。「你看吧！」

威任不以為然道：「你不用那麼客套，她跟我沒什麼關係。」

熙天搖搖頭：「我不是客套，而是明白了為什麼之前你會說那頓飯不好吃。在這裡吃了這碗麵，我終於明白。」

熙天望向威任兩人四目相接，威任的表情放鬆許多不再滿懷敵意。

「是嗎？那就再吃一碗吧。」凝視不久，威任又低下頭吃著麵。

熙天起身準備再盛下一碗麵，琬婷主動站起來接過碗幫他盛。「我來就好。」

「謝謝。」

「別客氣，多吃一點喔。」

只要跟彼此珍惜和重視的家人朋友一同用餐，即使不是山珍海味，不是炊金饌玉，在盈盈笑語中便添加了這世上最為珍貴的調味料，讓滋味升華成珍饈。

用餐結束後，琬婷跟小華送熙天到門口，琬婷回頭對坐在沙發的威任喊話。

「喂，你爸要走了還不出來送他。」見威任無動於衷，琬婷跑到沙發去拉威任的手要他起來，卻被威任甩開。

「有你們送就夠了，不差我一個。」

「你脾氣還真倔，像條牛似的。」

「沒錯，我是挺牛的。」威任故意誤解，反倒稱讚起自己來。

琬婷手插著腰有點不爽：「我不是那個意思。」

威任依舊視若無睹置若罔聞，隨手拿桌上的玻璃杯，喝了口白開水。

「妳要讓他等妳多久啊。」

萬般無奈的琬婷，只好又獨自回到門口送熙天。

「抱歉，還是沒能把他拽過來。」

「沒關係。」熙天轉身要離開，又突然回過頭來。「對了，幫我跟他說一句。我知道以

用攤開的雜誌蓋住了臉，彷彿將自己化身為鴕鳥一般。

前沒能好好陪他媽，所以現在才想盡我所能的騰出時間陪陪他。不是為了彌補過去，而是希望自己能珍惜現在。」

琬婷回頭大喊：「喂，你有沒有聽到你爸說的話啊。」

威任則平躺在沙發上，用攤開的雜誌蓋住了臉，彷彿將自己化身為鴕鳥一般。

善於公關的小華這時機靈道：「好，您老放心。我們一定會轉告副總的。」

「小妹。」熙天朝著琬婷以慎重的語氣開頭。

「有什麼事嗎？」

「以後這孩子就勞妳多費心了。」

「我？」琬婷不禁驚訝地叫出聲，心裡想著這關我什麼事啊！

「再見了。」不等琬婷辯駁，熙天轉身邁步離去。

小華不但伸手道別，還送出了門口好幾步：「您老，慢走啊！」

琬婷衝著小華問：「欸，為什麼是我啊？」

「我哪知道啊。」

小華聳聳肩走回客廳內。

同時威任則在兩人視覺死角處，伸手去拿放在桌上的手機。

熙天走到一半，手機響起簡訊通知。

打開一看，簡訊寫著：「爸，有空一起去看媽吧！」熙天欣慰地笑了，然後繼續邁開步伐，今天午後的陽光似乎特別溫暖。

到了傍晚，琬婷告別威任的照顧，回到了酒店房間，並將早已沒電的手機接上插頭充電。坐在床上，緊握著手機，看向手機的Love Somewhere介面。

「L先生，明天的說明會我會加油的。」

酒店外，威任眺望著琬婷所在的房間。然後低頭看了一眼自己的手機，在關機狀態。

威任惆悵道：「關上手機，是不是就不再擦肩而過呢？」
看見琬婷房間的燈熄滅，威任轉身離開。

13

國貿大樓會議廳內，迎來了第二次的併購案說明會，在全場掌聲中立偉功成身退，緊接著上台的是抱著背水一戰決心的琬婷。

「一旦釋出併購遊戲蘋果後的消息，股價必然上升，何況目前 C－GAME 的股價也過高，因此我建議在此刻進行『分割股票』，當每股價格降低，股東人數便會隨之增加，股票買賣的頻率也會隨之增加。同時能因應釋出消息後股價上揚的情況，使交易量不致受影響……」

席間的牛總裁一邊全神貫注的聆聽一邊頻頻點頭，十分贊同琬婷的見解。

立偉也跟身旁的威任談論起琬婷提出的方案，言談間不時流露出肯定的語氣。

「她還挺厲害的嘛，竟然能在這個關鍵時刻想到這種方法。似乎有點太小看她囉！李副總裁指派的代表，果然不簡單啊！」

「不簡單的人未必是她。」威任冷冷道。

「難道說背後另有高人指點？」

這時，坐在後座的小華見縫插針道：「要是讓我知道那個高人是誰，我一定扒他的皮、敲他的牙，順便把他五花大綁，用一條繩子掛在這大廈的頂樓晃他個三天三夜。」

威任猛然回頭瞪向後座的小華。
「挺有才的啊，我都不知道你花樣還真不少。」
「過獎、過獎。」
隨即如雷掌聲響起，琬婷總算扳回一城風光下台。

立偉語帶期待道：「威任，換你了。」
威任則不改冷傲的風範，一副自信滿滿地模樣信步走上台去。
「副總，加油。」小華鼓掌吶喊。
勝券在握的威任承接著上一場說明會的氣勢，不負眾望再開創新的高峰，提出眾多立論精確，妥善可行的具體方案，為這場會議劃下完美的休止符。

「非常感謝各位參與這次說明會，關於收購價格和傭金的協議部分，本公司會再連絡各銀行的負責人，等作出結論會再通知各位。」
牛總裁的結語，也替這場歷經數日的說明會，拉下了暫時告一段落的布幕。

會議散場後，立偉再度邀請琬婷到知名連鎖咖啡店共度下午茶。
「真是士別三日，刮目相看啊！或者說之前是妳故意失誤的呢？」
「我哪敢冒這種風險啊，第一次說明會真的是太緊張才失誤的啦。後來是因為有人幫忙才那麼順利的。」
「是李副總裁嗎？假如是不能說的祕密，我也不勉強。」立偉端起咖啡啜飲。
「其實是在Love Somewhere上認識的陌生人，啊，你知道Love Somewhere是什麼嗎？」
「啊，對不起，我忘了開機。」
立偉打開手機。突然間琬婷、立偉手機同時響起推播聲。琬婷看向手機傳來的訊息，然後又抬頭望向立偉，兩人相視不禁莞爾一笑。
「我也有玩喔。」立偉燦爛笑道。

「原來你是 J 先生啊！」

「J 先生？」

「因為你的帳號是 J 開頭的啊。」

立偉舉一反三道：「這麼說妳就是 Miss S 囉。」

「對啊。而傳授我併購案祕訣的就是 S 先生。」

「見過面了嗎？」

「沒有。我們還停留在『擦肩而過』的階段。」琬婷有些落寞道。

「擦肩而過啊，乍聽之下有些浪漫卻又很悲傷呢！離別，是為了相聚。黯然銷魂者，唯別而已。」

「所以擦肩而過，是離別，或是為相聚埋下的伏筆呢？」

「妳覺得呢？」

「是我先問的耶！」

「對我來講，還沒有遇到讓我有離別感覺的人，所以相聚並不值得期待。那妳呢？跟妳擦肩而過的人，有讓妳感受到離別嗎？」

「離別，那是什麼滋味啊？」

「或許像咖啡入喉時有點苦。」

隨著立偉的話語若有似無的引導，琬婷回憶起來到這陌生國度後經歷的片段，如設定自動撥放的幻燈片一樣，一幕幕在腦海中一閃而逝。

「但卻又讓人一口接著一口的啜飲下去。」立偉喝了口咖啡，然後緩緩放下置回咖啡碟上，讓思緒隨杯面的漣漪漸漸平復。「在夜裡會因思念清醒，會因無法相聚而失眠，這就是離別。妳有嗎？」

「我、我才沒有呢？」

雖然琬婷急著否認，但卻有揮之不去的身影不斷突破心防浮現著。

立偉彷彿窺透了琬婷而露出笑容：「妳很不擅長說謊吧？」

「小看女人，你會吃大虧。尤其是像我這樣的女人。」琬婷笨拙地虛張聲勢。

「我相信。因為只說實話的人比只說謊話的人，更讓人難以招架。」

「為什麼？」

「真誠是會傳染的，當妳面對一個說實話的人久了，不知不覺妳也會說出自己的真心話。在她面前會毫無防備，妳不覺得這很可怕嗎？」

琬婷半開玩笑道：「你很怕我啊？」

「我真的很害怕。我認識的女人他們重視錢、重視家世、重視物質生活，勝過重視愛、重視才華、重視兩個人相處的感覺。」

立偉輕輕笑著，卻很沉重。

「那或許只是因為他們夠成熟，所以選擇了實際的東西。」

「是的，這本無可厚非。甚至說這是理所當然的選擇，父母、家人、朋友、整個社會的價值觀，都寧願他們嫁給一個有錢人，而非有情人。所有的偶像劇，都有一個家財萬貫，身世顯赫的男主角。無論男配角多麼努力，最終還是得不到女主角的愛。」

「不是所有女人都這樣的。」

「但大多數是，跟妳一樣年齡的女人都是這麼想的。妳知道嗎？根據調查，女人最大的願望第一名是嫁入豪門。妳不這麼想嗎？」

琬婷一臉少自以為是的表情道：「我寧願選擇中樂透，雖然沒有嫁入豪門那麼賺，起碼不用看別人臉色。」

「哈，這麼說來妳更貪心囉！」

「或許只是因為我比他們來的幼稚吧。」

「要滿足他們對我來講很簡單，但要取悅妳對我來講很難。」

將目光凝鎖於琬婷雙眼上的立偉，瞳孔裡露出難得一見的認真。

「怎麼會，他們出門要搭法拉利，包包要提蒂芬妮，吃飯要有三星級，而我只要一碗陽春麵配清湯，就可以打發了耶！」

「那是妳的看法。我不這麼認為，我倒覺得只要給他們一張附卡就搞定了，他們不會來查我的勤、不會關心我今天過得怎麼樣、當我和他們見面時，他們除了笑沒有別的表情。妳就不一樣了，會哭、會笑、會悲傷，甚至會毫不客氣地吐我槽。這種相處自然多了，不是嗎？」

琬婷皺起眉頭，躊躇了一會後問道：「我問你一個問題，你不要生氣喔。」

「好啊，妳問？」立偉大方允諾。

琬婷將身子往前傾低聲道：「你是不是有被虐狂啊？」

「為什麼這麼說？」立偉瞪大了眼，有些哭笑不得。

「那麼多女人陪在你身邊，他們不查勤是怕打擾你，他們不關心你是因為你從來不需他們擔心，每次見面他們對你笑是因為看見你而開心。對你那麼好，你如果不是不懂得珍惜的笨蛋，那一定是個被虐狂！」

「台灣的女人都像妳那麼能言善道嗎？」

「如果你願意聽的話，她們總會講的。」

「講什麼？」

「真心話。有沒有人說過你也不太會說謊啊？」

「何以見得？」

「你說沒有人讓你嚐過離別，但你卻了解離別的滋味，這代表你心裡有過這麼一個人不是嗎？」

立偉自嘲般地笑著：「妳套我的話啊？看來我真的太小看妳了。」

「聊過之後，有沒有比較了解女人了啊？」琬婷打趣地問。

「讓我有過離別滋味的人，或許是妳。」

「有我，但不只是我。我希望你不要讓自己後悔。」

面對立偉猛然扭轉乾坤的發言，琬婷就這麼四兩撥千斤的予以化解掉。

立偉低頭啜飲了一口咖啡，用時間尋求喘息的空間。

「請妳喝咖啡慶祝說明會結束，怎麼好像變成批判我的大會啦？」

「因為我們已經是朋友了啊。」

「看來我要後悔的應該是跟妳當朋友這件事。」

琬婷呵呵笑道：「來不及了喔，就認命吧！」

「到今天我才知道，原來我的命不好。」立偉宛如舉白旗般的往椅背後躺，臉上一副如釋重負的笑，不自覺湧上嘴角。

「嘻。」

琬婷看見立偉笑了，也跟著笑了。

站在對街的小華跟威任，遠遠望著咖啡店內的琬婷跟立偉有說有笑。

小華自告奮勇道：「副總，你看他們倆什麼時候交情那麼好了，要不要我過去探探？」

威任嘴硬道：「我不在乎，趕快把車開過來。」但盯著兩人眼神依然凶狠。

「是。」小華領命，獨自前往牽車。

故作瀟灑的威任無奈視線即使避開，還是又會繞回咖啡店的玻璃窗上，喧鬧的街景此刻毫無一絲吸引力可言。

「聽說從黑熊進化成人要一萬年，沒想到從人變回黑熊卻只要一杯咖啡。這個死黑熊妹……」威任碎嘴說著琬婷洩憤。

不久，小華開車過來靠邊停下，威任開門上車，在燈號變化後車往前駛去。沿途上經過一間鑽石銀樓，威任瞥了鑽石銀樓一眼。Candy正在樓內看飾品，威任只匆匆將視線掃過，所以並無發現。

Candy看著玻璃櫃內的鑽石婚戒，眼裡滿是羨慕和憧憬。

櫃姐推薦道：「這很適合您，我拿給您戴看看。」Candy將鑽戒戴在手上，反覆端詳著。

「請問什麼時候要結婚呢？」

「我沒有對象。」

「沒關係。我很喜歡，幫我包起來吧。」

Candy將鑽戒脫下，櫃姐隨即拿去包裝。然後她提著袋一個人走出銀樓，將笑容封印在戒指盒裡深深鎖著，這對她來說太不真實。

14

在北京的最後一個夜晚，琬婷決定放手徹底玩個痛快，於是漫無目的地在街道上閒晃著，用手機照相記錄著每一個感動的瞬間，並上傳至FB和微博分享。
「向L先生傳達的謝意，遲遲沒有回應。我們還有下一次的擦肩而過嗎？」
琬婷將手舉得高高的，然後抬頭仰望著。

突然手機推播聲響起，是L先生傳來的訊息。
琬婷又驚又喜還帶著些許緊張，交錯的情緒讓心臟砰砰的跳著。

兩人透過手機螢幕的字句交談著。
「妳要回台灣了嗎？」
「是啊，明天下午3點的飛機。」
「我有個禮物要送妳。」
「是什麼？」
「玩個遊戲吧！照我的指示走就能找到禮物喔。」
「這麼神秘？」

「要開始了喔，第一個地方……」

L和琬婷玩起了類似於捉迷藏的遊戲，近在咫尺卻不讓她找到自己，隨著每一次近距離的擦肩而過。兩人手機螢幕上，對方那蒙上遮罩的相片逐漸刷清。

第一個到的是，之前琬婷在併購案說明會首戰失利後，和L互通訊息的那座大橋上。第二個是因為被搶劫而前往報案的警察局外，第三個是機場內的一隅。
轉眼間，兩人的相遇次數，只剩最後一次擦肩而過，就能看清對方的模樣。
「最後一個是……」
遍尋不著L真實身分的琬婷，按照著提示來到最後一站。

第四個是教堂的玫瑰花園。
琬婷看見花叢上放著一個禮盒和一張卡片。她打開了卡片。上面寫著：「請回到台灣後再打開這個禮物，希望妳不要哭喔。」
婉婷滿腹疑問：「意思是我會感動到哭嗎？到底是什麼啊？」婉婷拿著禮物很開心的離開。

教堂的另一邊，威任靠著牆讓婉婷離開，手裡打開的鑽戒盒，啪地一聲闔上。這個遊戲只為了確認S的身分，並且對自己即將失控的感情狠狠斬斷，可是為什麼心卻像被揪住般難熬，威任強忍著快潰堤的情感和淚，緊握著戒指盒緩步離開。

沿路上威任回憶起幾個小時前跟Candy的對話。
在威任的家裡，Candy在威任面前展示著手上新買的鑽戒，光澤晶瑩剔透。
威任問：「哪來的鑽戒？」
「用你的錢買的。」Candy回答。
「妳喜歡就好。」

「用你的錢買的鑽戒，算是你送我的嗎？」

「重要嗎？不管算不算，鑽戒妳都擁有了啊！」

「不一樣，真的不一樣。」

Candy坐在床上，威任則喝著酒望向窗外夜景。

「我們……結婚好嗎？」Candy試探著威任。

威任臉色一沉：「這是改寫遊戲規則的宣言嗎？」

Candy從後面緊緊抱住威任。「你不願意嗎？」

「那妳……真的愛我嗎？」

走出回憶，威任沿著河堤漫步。百轉千折的情緒充塞在身體裡面，讓他痛苦不堪，讓他無路可退，隨即伴隨著一聲嘶吼，威任將手中的戒指盒丟入河裡。

「啊！」讓自己的真心隨著戒指盒沉溺在水底吧！

或許放棄抉擇，只是一種懦弱的逃避，但現在的自己卻什麼也不願去面對。

翌日下午，北京直飛台北的班機終於抵達，琬婷拖著行李箱從通道走出，回到睽違數日的故土，熟悉的景物轉身拓入眼簾，心裡忽然湧起一陣悸動。

雯雯興奮地揮手接機。「妳終於回來了。」

「很想我啊？」

「妳不在沒人陪我吃減肥餐，害我又胖了啦。」

「該不會一回來就要我陪你吃減肥餐吧？」

「我有這麼無情無義嗎？回去放個行李，有歡迎會喔！」

「這麼好，妳中樂透了喔？」

「是副總請的。」

「哇，副總良心發現了喔？」

「我看是發神經。反正不管是良心發現還是發神經，有免費的大餐可以吃當然要去啊！走啦。」雯雯推著婉婷的背，飛也似的走出機場。

「不用這麼趕吧！我才剛下飛機耶。」琬婷顯得有些慌張失措。

雯雯則操著親切的台語道：「吃飯皇帝大，玩要跑第一啦！」

某KTV包廂內，熱鬧非凡，以李副總裁為首還有數名男女同事，在此狂歡慶祝，氣氛隨著閃動的燈光瞬間高漲。划拳喝酒，無不盡興。

門推開，雯雯拉著琬婷進來。

一瞧見琬婷，李副總裁熱情招呼：「哎呀，今天的主角來啦。」

「副總。」琬婷點頭回應，對這過份的殷勤有些不習慣。

副總主動上前勾肩搭背。「大家還不掌聲鼓勵，歡迎琬婷姐。」副總跟其他同事拍掌打起愛的鼓勵，情緒高漲。

「HO－HA。」

琬婷一頭霧水：「副總，是發生什麼事啊？」

「三八啊！」李副總裁推了琬婷的肩膀一下。「關於妳在第二次說明會大展身手，左打陳威任，右踢江立偉，上演一場滿貫全壘打大逆轉的精彩表現。妳副總我都知道了。不枉費妳副總我，一直以來對妳的諄諄教誨跟循循善誘，妳總算沒丟了我這張英俊、帥氣的臉啊！」

「可是你不是說要買兩張機票，一張去香港打小人，一張去泰國解降頭。」

「那是妳聽錯啦！我是說一張去香港的黃大仙，一張去泰國的白龍王，幫妳祈福還願。明白嗎？」

「喔。」

「好了，趕快入座。有歌就唱，有酒就喝，今天妳副總我買單，那可是比金星凌日還要蔚為奇觀啊！」

歡愉的氛圍在漆黑的空間內持續沸騰，大家玩得渾然忘我，反把主角琬婷晾在一邊，她倒也不以為意，或者該說這樣她更自在。

雯雯又在玩手機上的Love Somewhere，琬婷好奇湊過去看。

「喂，我不在這段時間，有什麼進展啊？」

「再擦肩而過2次，我就知道他是誰了啦？妳咧？」

「比妳快一點。」

「看到了喔，長的怎樣？有沒有見過面，不會修圖修很大吧！照片看很美，見面看像鬼。」

「還差一次啦。不過這次多虧有他提供意見，我才能夠在說明會上狠狠板回一城。」

「喔，這麼感激，該不會想以身相許吧？」

「才沒妳那麼花痴咧。」

「敢說我花痴，找死啊妳。」

雯雯瘋狂地對婉婷使出搔癢攻擊，讓她笑得花枝亂顫。

趁著同事續攤的空檔，順利逃回家的婉婷，洗完澡後圍著浴巾邊擦頭邊走出浴室。然後坐在床上拿出L先生送給她的禮物，滿懷期待準備打開。

「不知道送了什麼給我？」

打開禮盒後，裡頭放了一台手機。

「手機？好像用過的。」

婉婷將手機開機。

突然手機推播聲響起，打開了Love Somewhere的介面，模糊的照片終於刷新清楚了。

婉婷看著照片說不出話，這照片裡的人就是自己。

婉婷的手機同樣作響，手機裡也顯示出了L先生的真面目，是威任。

原來威任就是L，而這個禮物代表他也知道了婉婷自己就是S。

「為什麼要送這個給我？」

淚珠不自覺地湧上婉婷的眼眶，然後如雨點般墜下。放棄了彼此最後擦肩而過的機會，是否等於放棄和她過往因相處而滋生的情愫，更放棄了未來。

「最後的擦肩而過，只剩我自己一個人，就是你要給我的答案嗎？」

最後的擦肩而過，只剩我自己一個人，

就是你要給我的答案嗎？

哽咽的聲音慢慢淹沒了琬婷眼前，在這一夜，兩支手機所牽起的紅線無力攤在琬婷的床上，任情感如洪水氾濫般潰堤，卻什麼也纏不住，留不下。

夜的彼端，北京家裡的燈火亮著一盞微弱。
威任狂飲著酒，彷彿要灌醉自己一般。「愛？我不要愛任何人，不要愛就不會有傷害。」

琬婷則用棉被蓋住頭縮在床上，覺得心裡頭有種無以言喻的難過蔓延。
「我不哭、我不哭。」
她不禁想叫她不要哭是什麼意思？是怕她傷心嗎？舊手機裡的SIM卡在隔天作廢，代表威任申請了一個新的SIM卡，所以手機號碼並沒有換，她很想打電話問問他，可是卻沒有勇氣。

漫長的一夜隨月光遠颺，天亮了，琬婷哭累了躺在床上，兩行淚痕清晰可見。
期待已久的擦肩而過，驀然回首，卻發現什麼也看不到了……

只剩寵物貓咪咪依舊一如往常地在床上走著。

15

公司裡，雯雯興奮地拿著手機裡 Love Somewhere 的介面，向琬婷炫耀著。

「欸，琬婷妳看我追上妳囉，只剩一次有緣人就要變成有情人，我的 Mr.Right 就要出現了。」

琬婷表情冷漠，整理著資料。「那個我沒玩了。」

「為什麼？」雯雯感到詫異。

「玩膩了啊，就這樣。」

「那妳昨天說的 L 先生咧？妳不想知道他是誰嗎？」

「知道了，又能怎樣？」

琬婷帶著整理好的資料起身。「副總找我，我先過去了。」

「喂。」琬婷不理睬雯雯的呼喊，臉色緊繃地逕自往副總辦公室走去。

「一定有問題。」雯雯胸有成竹地猜測道。

副總突然像背後靈似出現在雯雯身後。「對，機關藏在倉庫，內衣看做內褲。代誌不單純啊！」

「就是說啊，琬婷一定有問題。」驀然回首的雯雯受到驚嚇。「啊，副總。」

「有沒有問題我不知道。但是林雯雯妳代誌大條了啊！上班時間，不在座位上工作，在這邊挖同事的八卦啊！」

「我是在關心同事啦。」

「那妳怎麼不關心妳副總我早餐吃了沒？」

「那副總你早餐吃了沒？」

「還沒！妳再不回座位工作，妳副總我就把妳拆吃入腹！」

李副總裁裝出一副食人魔的樣子，張牙舞爪恐嚇道。

「啊……」雯雯嚇得跑回座位，開始辦公。

恫嚇得逞的李副總裁整理了一下衣襟，順便撥了一下頭髮。「欠人教訓。」然後邁步返回自己的辦公室。

副總辦公室內，李副總裁坐在座位上，琬婷則在桌前站著。

李副總裁端詳著琬婷給的資料。「做得不錯。還有這是遊戲蘋果送來的競標說明書，拿去看看。」

「是。」琬婷雙手接過競標說明書。

「這個Case要是真的搞定，就要改口叫妳一聲曾組長了啊。」

面對李副總裁半稱讚半調侃的玩笑，琬婷皮笑肉不笑的敷衍回應著，副總也感到詭異而皺了眉頭。

副總別過頭喃喃自語：「皮笑肉不笑，早晚要起笑。她莫非是傳說中的『卡到陰』。」

「我可以回去工作了嗎？」琬婷問。

「欸，等一下這裡還有一份就業博覽會的資料，三天後就要參加了，趕快整理好。」

琬婷接過資料。「是。我回去工作了。」

看著琬婷離開副總辦公室的落寞身影，李副總裁露出沉思表情驚覺事不單純。

「真的怪怪的，看來得微服出巡明查暗訪一番啊！」副總耍帥地拿起墨鏡戴上去，然後

走到門口開門。「雯雯，進來一下。」
雯雯用手指指著自己。「我？」
「還懷疑啊！快一點。」
「喔。」

一走進副總辦公室內，李副總裁已回到座位把腳蹺在桌上，一副派頭十足的模樣，雯雯則是站著桌前，搞不清楚李副總裁又在發什麼神經。
「先開燈。」
「副總，燈已經開了。是你戴著墨鏡啦！」
副總收起墨鏡。「難怪我覺得這麼暗。」
「有什麼事嗎？」
「我說你家的琬婷姐是怎樣？住著下港的姨媽來拜訪逆？還是卡到陰？到底是發生了什麼事？」
「我也不知道，今天一來就怪怪的。板著一張臉，心情很不好的樣子。連Love Some-where也突然不玩了，明明之前還那麼期待跟那個什麼L見面的說。」
「Love Somewhere那是什麼啊？」
「副總，我跟你講喔。」雯雯拿出手機靠近副總，滔滔不絕口若懸河地講解起關於Love-Somewhere的種種。

聽完後副總站起來，伸出手耍帥地靠在柱子上。
「這下我終於明白了，根據妳副總我IQ直逼180的智慧判斷，琬婷一定是得了後天間歇性腦袋缺氧心臟碰碰無力跳症侯群。」
「這是什麼病，要不要看醫生啊？」
「這病，像妳副總我這種學識淵博的人就知道它的學名，一般沒讀過什麼書的人則稱之為－失戀。」
雯雯嘟嘴道：「失戀就失戀，講那麼複雜幹嘛？」

突然意會過來的雯雯倏然放聲大叫。「失戀！你是說琬婷被L打槍了嗎？」

「幹嘛那麼大聲啊！妳是怕外面那群八卦天后沒聽到是不是？」

自知失態的雯雯，趕緊用雙手摀住自己的嘴。

副總走到門旁的百葉窗前，壓下葉片瞪著在門外偷聽的人，將之驅趕。

「目前正是併購案重要的關鍵時刻，萬一琬婷心情差影響了工作表現。那對妳副總我，不，是對公司，甚至對她自己都不是件好事。所以妳要幫我查清楚這件事。」

「為什麼是我？」

「妳不是她換帖的？不是很關心同事？不是妳去查，難道是要妳日理萬機的副總親自下去查嗎？那我養你們這些人幹嘛啊？」

雯雯嘟嚷著：「又不是靠你養的。」

「應嘴應舌什麼。趕快去辦！」

忽然雯雯伸出了手掌。

「幹嘛？」

「公文呢？」

李副總裁一臉妳這豬腦袋的模樣道：「要什麼公文啊？要不要我順便給妳一把上斬昏君、下斬佞臣的尚方寶劍防身啊？這是秘密任務ＯＫ？等妳任務結束，我還要用記憶消除筆幫妳洗腦咧。」

「喔。」雯雯無奈道。

「記得隨時回報最新進度。」

「知道了啦。」

雯雯轉身離開副總辦公室。

李副總裁抱怨道：「一個個人模人樣，卻豬頭豬腦的。」

夕陽斜照在北京某處海灘，海浪推移反射出粼粼波光，威任坐在沙灘上，喝著從超商買來的冰涼啤酒，小華則蹲在威任旁邊同樣拿著一罐啤酒。。

「我說副總啊，上次陪你來海邊喝酒好像是三年前的事了。」

「你還記得是為什麼嗎？」

「男人買醉不是為了工作，就是為了女人。那一次你談的一個併購案泡湯了，所以跑來這邊，喝到天亮。還碰上漲潮，好險有人發現要不然啊，都快要滅頂啦。」

威任輕笑：「記得挺清楚的嘛。這次併購案又泡湯了。」

「但你喝酒的原因不是這個。」

「那是什麼？」

小華又從塑膠袋裡拿出一罐新的啤酒打開喝。

「男人買醉不是為了工作，就是為了女人。」

「哈！」威任忽然沉下臉凝重道：「唉……Candy要我跟她結婚。」

「挺好的啊，不是嗎？Candy人漂亮、身材好，又大方得體，當愛人有面子，當老婆也有裡子啊。」

威任猛然站了起來望向大海。「我問她是不是真的愛我？」

「她怎麼說？很愛、非常愛、愛慘了？」

「她什麼都沒有說，只是靜靜抱著我。我知道她沒有那麼愛我，只是想要安定下來。選擇我，只是因為我能帶給她安全感。」

「這年頭到了適婚年齡，找個能接受的人嫁了娶了，很正常啊！不討厭，或許就算是愛了吧？」

「因為年齡而結婚嗎？」

「真愛啊，在年輕的時侯沒人懂得珍惜，老了才知道，這種東西越老就越難遇到。擦肩而過後，或許一輩子都遇不到下一個。」

威任不解提問：「為什麼越老越難遇到？」

「年輕的時候單純，要愛上一個人很簡單。年齡越大，考慮得多，要愛上一個人也越來越難囉！」

「我從沒愛過人。」

「這不值得驕傲，只代表你害怕不被愛所以不愛。」

聽著小華半帶教訓的論調，威任笑了。「自從上次失心瘋之後，你講話的膽子越來越大了。」

「酒話，您就別放在心上了吧？」

「年紀大了，好像連酒也很難喝醉了。」

「你說手機掉了其實是騙人的吧？」

「掉了，真的掉了。重辦了SIM卡，還是撿不回從前那個感覺。」

威任把喝乾的啤酒罐往前丟，又拿了一罐新的。

「回不去，為什麼不往前走呢？前面的人不好嗎？」

「往前走了，那後面的人怎麼辦呢？」

「不愛不是嗎？」

「她陪了我很久。」

「你也陪了她很久，所以夠了。為了愧疚讓三個人煎熬，這又何必？這種自以為犧牲自己的想法啊，太病態了。到最後誰都痛苦。」

「或許吧？」

威任開了最後一罐酒，塑膠袋已淪為空城。

「酒沒了，我再去買。今天不醉不歸。」小華站起來準備去補貨。

「嗯。」

威任輕聲附和。

同樣的黃昏餘暉照在台北某處餐廳的窗上，琬婷跟雯雯正在這靠窗的位置準備享用晚餐，琬婷隨興地將手機放在桌上。

琬婷道：「我去洗手間，東西幫我顧一下。」

「好啦。」

在琬婷離席後，雯雯火速拿起了琬婷的手機打開偷看。

「Ｌ先生……怎麼會是他！」雯雯看到威任的照片認了出來，畢竟威任在業界頗具聲望，而且還是這次的競爭廠商。

「副總應該有他的手機，我一定要問清楚發生什麼事。」

雯雯把琬婷手機放回原位，在心裡下了決定。

不消片刻後，琬婷從洗手間走了回來。「等一下，我們去看電影好不好？」

「剛才副總打電話來叫我回去加班啦。」雯雯瞎扯一個藉口道。

「平常都找我，怎麼今天找妳。」

「要balance一下嘛。」

「要我順便回去幫妳嗎？」

「不用了啦，妳才剛回來多陪陪咪咪嘛，牠都瘦了。」

琬婷插腰裝生氣道：「妳虐待牠喔？」

雯雯同樣以不爽的表情回應：「拜託，我的大小姐，我是幫牠減肥，要不然再這樣下去，牠遲早變神豬好嘛？」

「好啦，知道妳最關心牠了。」琬婷笑道。

小華開車去買酒的回程途上，突然車上手機聲響起。小華本能摸摸自己手機卻沒動靜，從後照鏡一看，發現後座上竟掉落著一個手機。

「這副總啊，連手機掉在車上都不知道，真是的。」小華將車靠在路邊，拿起後座的手機接聽。「喂？」

而這通電話是從李副總裁辦公室打出去的，撥號者正是前來向李副總裁回報琬婷近期異狀的雯雯，為了向陳威任探聽消息所打的。

「陳威任嗎？你對琬婷到底做了什麼啊？你不會玩擦肩而過就真的只想擦肩而過吧？」

小華感到一陣莫名其妙：「妳哪位啊？」

「不用管我是誰，回答我的問題。」雯雯沒好氣道。

「我不是……」

未待小華澄清，連線另一頭的李副總裁，又搶過雯雯的話筒，猛烈開砲。

「我來跟他講。喂陳啊威任啊，你現在是當作台灣人好欺負是吧？我告訴你男人跟女人吵架，錯的一定是男人，對的一定是女人。這麼簡單的道理都不懂，你要怎麼出來『跟人走跳』啦？」

「什麼是跟人走跳？」生活在北京的小華，對台語一竅不通。

「廢話不要那麼多，趕快說你跟琬婷之間到底發生了什麼？」

「我……」

「我什麼我，不要狡辯，趕快說！」

「我不是陳威任，我是他的助理小華。」

李副總裁一聲驚呼：「蝦咪！找不對人。不管怎樣，你替我轉告陳威任，要他解釋清楚到底跟琬婷之間發生了什麼事？」

「那你究竟是誰啊？」

「人稱M&A金童，銀行界的曙光，渣打的千人斬、萬人迷李副總裁就是區區在下我。」

「行了、行了、行了，等等你跟他說吧。」

不堪其擾的小華斷然放下還在通話中的手機，以飆速開回到海邊。

因一時失聯，使得李副總裁頻頻呼喊：「喂、喂……」

雯雯擔心地問：「副總怎麼樣啊？」

「放心，一切都在我的掌握之中。」

小華到海邊下了車，提著裝滿啤酒的塑膠袋，拿著手機，衝向威任。

「幹嘛跑得那麼快？」威任看著小華上氣不接下氣而感到疑問。

「有、有人找你。」

「誰啊？」

威任接過手機。「喂？」

「終於敢接電話了你。」

「李副總裁？」

「沒錯，整棵好好。陳啊威任，你跟琬婷到底發生了什麼事啊？」

「她怎麼了嗎？」威任語氣有些著急地問。

「無魂有體，親像稻草人啦。你們是不是在玩什麼 Love 什麼的，我告訴你啊，你可不要始亂終棄啊！」

雯雯又搶回電話。「喂，我是琬婷的好朋友雯雯。我不知道你是抱持著什麼心態，但是她很認真，L 對她來講很重要，如果你也在乎她，就不要放棄她！」

副總再搶回電話。

「陳啊威任，算我拜託你。 Be A Man OK? 我們男人啊⋯⋯」

面對突如其來的隔海砲火，威任竟然大喊一聲旋即站起把手機往海裡丟。

「啊，煩死了。」

「喂、喂、喂。」連線突然中斷只剩雜音在話筒裡迴響，副總無奈看向雯雯。「我盡力了。」

心緒紛亂的威任，望向大海咆哮著：「事不關己的時候，每個人都以為自己是兩性專家啊！」

「副總，咱兄弟倆說句白的。我知道Candy跟琬婷之間的事讓你覺得很難處理，但愛情是不講道理，講道理的是同情。愛情傷害人是一時的，同情傷害人卻是一輩子的。」

威任不滿道：「現在連你都要教訓我啊！」

威任猛然揮出一拳朝小華打去。「你以為我很好過啊？」

「媽的，要是不把你當兄弟，我幹嘛跟你講這些！」壓抑許久的小華擦掉嘴角的血跡，奮力回擊了威任扎實的一拳。

「真愛啊，在年輕的時侯沒人懂得珍惜，

老了才知道，這種東西越老就越難遇到。

擦肩而過後，或許一輩子都遇不到下一個。」

「連我你都敢打！」

小華：「 打你還要挑日子啊。」
兩人在海灘上展開一場你來我往的互毆，直至夜幕籠罩。

16

二天後，在李副總裁的辦公室內，琬婷加班進行著工作上的例行匯報。

李副總裁問：「明天的就業博覽會都準備好了吧？」

「嗯，去台大看過場地了。人員跟現場布置都調度好了，沒有問題。」

「這樣就好，妳可以出去了。」

正當琬婷準備轉身離去，又被李副總裁叫住。「對了，琬婷啊。」

「副總，有事嗎？」

「算了，沒事。妳出去吧。」

琬婷默默點個頭後退出門外。

時值破曉，又是新的一天來臨。清晨 4、5 點天漸漸亮的房裡只開了一盞小燈照明，而威任躺在床上輾轉難眠失眠了一整夜。

威任反覆地想起小華、雯雯、李副總裁跟他說的話，也想起和琬婷、Candy 相處的過往。

不斷在腦海裡上映了一遍又一遍，輪迴著，折磨著。

最後威任決定打手機給Candy，但在接通後卻沒說話。

Candy先開了口：「怎麼了？」

「我想開始相信愛情。」威任慎重而堅定地說。

「讓你有這個衝動的那一個人不是我，對不對？」

「妳會難過嗎？」

突然威任家門外傳來聲音，是站在門口的Candy鬆了手裡購物袋，掉落在地上的聲響。

威任趕緊衝上去開門，Candy轉身就走，威任喊住她。「Candy，我……」

「愛情啊，最重要的不是曾經擁有什麼，而是曾經付出什麼。」Candy背對著威任，強忍嗚咽擦著自己的眼淚。「不要讓我連最後的尊嚴都沒有好不好？」

「謝謝妳，一直以來的陪伴。」

「竟然相信真愛，笨蛋。」

Candy緩緩離去，威任看著她的背影。

「真的謝謝妳，讓我有勇氣當個笨蛋。」

下定決心的威任打算找回那個被丟棄在河底的戒指盒，於是一路直奔衝刺到河堤上，迅速打量了一番當初的拋落處，準備捲起褲管下水打撈。

這時之前在警察局遇到的那個警察，正好巡邏過來。「你幹嘛呢？」

「我有東西掉了。」

警察露出煩躁的表情：「又是你，怎麼不是東西被搶就是東西掉了，你是來提升北京的犯罪率的吧？還沒認識你之前，我覺得我們這治安挺好的耶。」

威任著急道：「那東西對我很重要。」

「什麼時候掉的？」

「三天前。」

「三天前掉的，你現在來找？這叫很重要。那不重要的，豈不是三年後才來找了。」

「我哪知道現在會變那麼重要啊！」威任咆哮道。

警察皺著眉接著追問：「掉了什麼？」

「是一個戒指盒，裡面有鑽戒。」

「掉了鑽戒，你現在才來找？你不要告訴我你過了三天才發現鑽戒掉了。」

「之前是我自己丟掉的。」

「既然丟了幹嘛又要找？那麼有錢再買一個啊！」

「意義不一樣，那個鑽戒對我有特別的意義。」

「又意義。走吧、走吧，三天前掉的，要嘛水沖走了，要嘛人撿走了。你在這瞎找什麼呢？」

警察動手驅趕威任離開。

威任力圖爭取機會：「那真的對我很重要。」

「你就算潛水下去找，也找不著了。回去吧！繼續在這邊搞這半自殺式行動，我就帶你回警局了。」

「可是我……」

「別可是了，很多事過了這個村就沒這個店了。走吧、走吧。」

威任垂頭喪氣離開，警察看著他的背影。「喂，你為什麼又回來找戒指盒？」

「我想把丟掉的愛找回來。」

「前幾天啊，我在這附近巡邏的時候，遇到個人往河裡丟垃圾。我把垃圾撿了起來，一直放在身邊挺不舒服的。喂，幫我個忙吧？」

威任回過身，警察將戒指盒丟向威任，威任接住。

「幫我丟了。」

「這是……謝謝你。」威任破涕為笑。

「你幫我丟是我要謝謝你。快去吧！人，你可要給我追回來啊。」

威任堅決道：「我會的，謝謝你。」隨即轉身跑走。

「丟掉要勇氣，追回要傻氣，我啊到手的鑽戒飛了只能回家嘆氣。你要是趕不上，連天都會生氣。」

「我想把丟掉的愛找回來。」

「那真的對我很重要。」

威任一邊在河堤旁奔跑，一邊打著手機連絡助理小華。
「喂，小華幫我訂機票。去台灣，現在！」

上午十一點整，在台大舉辦的就業博覽會會場擠滿了人潮，琬婷在入口處發放著傳單，希望能夠為公司招攬更多新進員工。
「請參考看看、請參考看看。」不一會兒手上的傳單已減少許多。

雯雯則坐在廠商攤位上，提供應徵者諮詢。副總則站在一旁觀望整個會場。
副總笑道：「畢業季到了就是不一樣，全是一些年輕人，連我都變得活力旺盛了。彷彿感染了青春的氣息。」
「你只是在看妹好嗎？」雯雯狠狠吐槽。
「誰說我只會低頭看熱褲的，我也會仰望藍天啊！」
李副總裁仰視天際正好看到一架飛機飛過，卻不知道正是威任搭的班機。
「對了，那件事後來怎麼樣了？」副總揮手叫雯雯過來問琬婷的事。
「不知道。我想應該沒動靜，琬婷還是那副死樣子啊。」
「搞什麼啊！陳威任他到底是不是個男人啊？」
發著傳單的琬婷，忽然之間聽到手機的推播聲，本能看了一下自己的手機，才想起自己久未上線。原來只是附近的路人在玩Love Somewhere發出的聲音。
「他都把手機給我，放棄最後擦肩而過的機會了，我還有什麼好期待的呢？」
琬婷索性將手機關機。

剛抵達台北機場的威任跟小華，刻不容緩地搭上計程車，直驅琬婷所在的公司地點。同時威任撥打手機給琬婷，無奈試了幾次電話卻是怎麼也打不通。
「嘟嘟嘟……轉接語音信箱嗶聲後開始計費如不留言請掛斷……」
威任咬牙道：「沒開機搞什麼？」
「不會是手機沒電了吧？」小華猜測。

「沒關係，先去她的公司。」

這時計程車上的廣播正插播著新聞。

記者道：「為您插播一則新聞，位於台北鬧區的一座銀行，就在剛剛遭一群搶匪持槍搶劫，目前警方正在追捕中，劫匪以銀色箱型車逃逸，歹徒持有強大火力請民眾務必小心……」

搶匪的箱型車轉眼已逃逸到了台大校區周遭，企圖藉人潮掩護好逃離追捕的警力，但警車依舊緊追不捨，絲毫沒有落後的感覺。

「大ㄟ，賊頭快追上來了！」一名賊匪道。

「怕啥！」

坐在駕駛座旁的搶匪老大，拿出槍準備射擊追趕在後的警車。

一名警察探出車窗用大聲公喊話。「前面的廂型車，請停下否則我們就要開槍囉！哇啊……」

突然搶匪一陣掃射，警察嚇得丟下大聲公縮回車內，大聲公被打成蜂窩。

「老大，水喔！」搶匪們吆喝著。

「當然我透抽大ㄟ捏！不是在慶假的啦。」

見搶匪沒有棄械投降的意思，警察開槍還擊，搶匪的箱型車輪胎頓時被打爆。逐漸開始失控，負責開車的搶匪緊捉著方向盤，勉強導正行進方向。

「老大，爆胎了。」

「找人多的地方下車。」

開車的搶匪視線不斷搜索著前方左右，赫然發現前方不遠某處人滿為患，哪裡正是就業博覽會的會場所在。

「有了，前面人很多。」

破輪的箱型車在馬路上磨出一陣白煙，勉為其難在會場前橫車停下，搶匪眾人趕緊帶著贓款下車。

琬婷正好在入口處發著傳單，因而慘遭搶匪老大一把挾持住，旋即對空鳴槍，嚇得在場群眾蹲下的蹲下，逃跑的逃跑。「啊……」

「哇啊！」琬婷也失去理智大叫。

會場的人群瘋狂逃竄亂成一團，搶匪趁機退到渣打銀行的攤位裡，雯雯、副總等人來不及撤退，也只得舉手投降乖乖被俘虜，當成人質。

搶匪老大用槍口指著琬婷：「別叫！」

警笛鳴奏，數輛警車轉眼便到，一群警察趕緊下來佈陣將會場攤位包圍，一方面舉槍和搶匪形成對峙的狀態，一方面疏散人群。

「不要亂來！」一名警官向搶匪喊話。然後回頭向其餘警察發號施令。「疏散人群，封鎖住周圍。」

佈署完畢後，繼續向搶匪喊話：「不要亂來！冷靜一點，千萬不要開槍。」

眼看警察慢慢縮小範圍逼近，心慌的搶匪老大用槍抵住琬婷的頭。「不要亂來的是你們吧！給我退出去，再靠近我就開槍了。」

警察見狀慢慢往後退，拉開距離。

計程車因停紅燈而暫止移動，這時小華瞧見外面的電視牆正在插播著新聞。

「我們現在連線到現場……」電視牆上顯示出搶匪脅持琬婷的實況轉播。「可以看到搶匪正挾持著人質，目前警方已布下包圍網，而搶匪至今還沒有提出任何要求……」

小華用手肘撞威任。「副總，我看公司不用去了。」

「為什麼？」

「你看。」

威任透過小華那邊的車窗看向外頭的電視牆，得知琬婷被脅持。

「她在搞什麼啊？笨蛋黑熊妹！司機大哥，改變地點我們要去那裡！」威任因擔心而破口大罵著。

司機邊掏耳朵邊漫不經心回道：「那裡在槍戰咧！拜託，別鬧了。」
威任大喝：「我女人在那裡啊！」
「早講嘛！馬上去。」司機換檔油門一踩加速前往。

十萬火急趕到就業博覽會現場的威任跟小華，下了計程車，到警方封鎖線外，威任企圖
穿越過封鎖線，卻被警察攔住。
焦急的威任隔空喊話：「喂，黑熊妹。」
「不能進去。」警察以身體阻擋著企圖衝入現場的威任。

負責指揮現場的警官則拿著大聲公喊話。
「你們已經被包圍了，趕快投降，釋放人質，不要做無謂的抵抗！」

而在攤位裡被當成人質的李副總裁，也趁機勸說著搶匪們。「對啦！歹路不可行。趕快
棄械投降啦。」
「說什麼！」搶匪之一賞了副總腹部一拳。
「喔。」李副總裁疼痛哀嚎。
「再白目，乎你死喔！」
嚐到一次苦頭的李副總裁縮在一旁，不敢再講話。

威任找上警官協調：「長官，我要進去，我的朋友被脅持住了。」
「不好意思，裡面太危險了，身為人民保母，我不能讓你進去。」
「可是我⋯⋯」
「抱歉，愛莫能助。」

這時搶匪老大突然對空鳴槍，大家嚇得蹲下來，威任趁機搶過大聲公。
「不要廢話，趕快給我們準備車。否則我就將人質一個個殺了！」搶匪老大槍再度抵住

琬婷的頭。

威任向搶匪用大聲公喊話：「喂，不要動我的女人！」

琬婷驚訝道：「陳威任？」

雯雯欣喜若狂：「哇，白馬王子出現了！」

李副總裁則不敢置信道：「Impossible。」

搶匪老大問：「他是妳男朋友？」

「我……」琬婷欲言卻被打斷。

「曾琬婷，妳閉嘴啦！」

「你想幹嘛？」

「我有話要跟她說。」

「我現在在脅持她欸，你信不信我殺了她啊？」

「所以我更要說啊！要不然可能永遠都聽不到了，不是嗎？」

搶匪之一插嘴道：「老大，他講得有道理耶。」

搶匪老大打了那名搶匪的頭一下。「要你多嘴。」

威任沉默片刻，連周遭也在這刻靜默下來，在僵持而緊繃的氛圍裡，威任緩緩鬆開大聲公，落地的輕脆聲響清晰可聞。

「曾經我以為擦肩而過的人，就過去了。就算回頭在茫茫人海裡也什麼都找不到。可是我現在才知道，有些人註定過不去，消失眼前，卻留在心裡。」

威任輕輕地說著。

「我害怕最後一次的擦肩而過，不是因為我不愛，而是害怕自己不懂得如何去愛？」

聲音雖然不大，但在靜謐的空間卻如空谷回音。

「但如今我決定去愛，即使跌跌撞撞，傷痕累累我也要愛，因為我終於了解到愛並不需要完美，愛需要的只有勇往直前。」

手撐起寫著禁止進入的塑膠條，威任跨越過封鎖線，往琬婷筆直走去。

警官喝阻道：「喂，不要過去啊！」

搶匪老大將槍往前指向走過來的威任。「為了一份只是擦肩而過的愛，你連命都不要了啊！」

威任抓住槍口抵住自己額頭。「對，死了都要愛。」

感到威任澎湃的真愛，琬婷什麼話也說不出，只有感動盈眶的淚珠滾滾落下。

搶匪老大不禁驚呼：「神經病啊！」

「這２６年來現在是我最正常的一次，因為不敢愛的人才是神經病。」

威任趁機奪槍，跟搶匪老大扭打。

「你幹嘛！」

趁搶匪注意力被分散的瞬間，李副總裁等人順勢一擁而上壓制另外兩名搶匪。

警官見情勢劇變，發號施令道：「靠，攻堅！」

武裝警察順勢大舉攻堅圍上。一陣扭打中，搶匪老大的槍不慎走火，打中了威任。威任臉色倏然慘白。感覺周遭時間彷彿變慢了，無數警察從身邊跑過。

「擦肩而過後，驀然回首，妳也會同樣看著我嗎？」

威任回過頭，看見琬婷望著自己落淚。

「不要！」

在琬婷的尖叫聲中，威任緩緩倒下 。 天空在視線裡從蔚藍而至灰濛，直到漆黑。

17

手術中的紅燈亮著。

氣氛凝重的急診室外，雯雯跟琬婷並肩坐在長椅上，雯雯不時安慰著琬婷。

「琬婷，沒事的啦。不要擔心。」

李副總裁則數落道：「這陳啊威任，耍什麼帥搶什麼搶啊，以為在演電影啊！這下好了，被流彈掃到。」

小華反唇相譏：「欸，我說你這人別老說我副總的壞話行不行？」

「我是在擔心他。」

「說點好聽的不行嗎？」

「那我祝陳威任白頭偕老、永浴愛河，年年春、年年富、年年賺錢蓋大厝你覺得怎樣？」

「你這人很難溝通啊！」

「我也不想和你溝通好嘛！」

雯雯不滿道：「都什麼時候了你們還在吵。」

「這刀到底要開到什麼時候啊？雯雯妳副總我渴了，幫我買個飲料。」

「你自己去啦！」

「妳現在大尾了捏。」

雯雯亮錶面給副總看。「現在是下班時間。」

「妳不知道台灣是上班打卡制下班責任制嗎？」

琬婷倏然站了起來，眾人為之側目。「我去買啦。」

「妳不等嗎？」雯雯擔憂道。

「我想出去走走。」

李副總裁心想讓琬婷散散心也好。「好啦，麻煩妳了。」副總給琬婷錢後，琬婷隨即轉身離開，背影裡卻有種揮之不去的荒涼。

「看到他出現讓我很開心，但現在我卻寧願他不要出現。就這麼擦肩而過，我們都不要回頭⋯⋯」

從飲料店裡提著一袋飲料走出的琬婷，不禁這麼想著。

同一時間，急診室外象徵手術中的亮燈熄滅，門緩緩打開。

而琬婷也幾乎在同時接到手機簡訊。是雯雯傳來，寫著：「快回來！」

琬婷開始拔腿狂奔回醫院。「陳威任，你千萬不要出事啊！」

衝向醫院前的最後一條斑馬線時，在擦肩而過的眾多行人裡，琬婷瞥見了一襲熟悉的身影，因而倏然停下了步履。在斑馬線上和威任背對而立。

「我的告白，妳好像還沒回答我？在紅燈亮起前，給我個答案吧！」

「你知道嗎？前世五百次的回眸，才能換來今生的擦肩而過。所以這是我們第五百零一次的回眸⋯⋯」

琬婷跟威任緩緩轉過身面對面。

琬婷輕聲道：「我⋯⋯」

行人紅燈復歸亮起，三三兩兩的車輛駛過。琬婷則投向威任的懷抱，將他撲倒在斑馬線一端的人行道上。

「喂，我才剛開完刀耶。」

「那又怎樣。」

「妳啊，我有禮物要給妳。」

「是什麼？鑽戒？」

戒指盒還擺在醫院病房桌上。

「是我欠妳的─」威任拿出手機開機，跟琬婷的手機同時間響起了推播聲。

「擦肩而過。」

國家圖書館出版品預行編目資料

愛在轉角 / 亞米、李巧如 編著. -- 新北市 ：集夢坊, 民

102. 11

　面： 公分

ISBN 978-986-89073-9-3(平裝)

857.7　　　　　　　　　　　　　102021065

集夢坊

愛在轉角 Love Somewhere

出版者●華文自資出版平台·集夢坊　　　　指導●文化部指導

作者●亞米·李巧如

繪者●珍伊

美術設計●陳渝蓁 Ivy Chen

印行者●華文聯合出版平台

文化部
MINISTRY OF CULTURE

台灣出版中心●新北市中和區中山路2段366巷10號10樓

電話●(02)2248-7896　　　　傳真●(02)2248-7758

ISBN●978-986-89073-9-3

出版日期●2013年11月初版

郵撥帳號●50017206采舍國際有限公司（郵撥購買，請另付一成郵資）

全球華文國際市場總代理●采舍國際 www.silkbook.com

地址●新北市中和區中山路2段366巷10號3樓

電話●(02)8245-8786　　　　傳真●(02)8245-8718

全系列書系永久陳列展示中心

新絲路書店●新北市中和區中山路2段366巷10號10樓　　　電話●(02)8245-9896

新絲路網路書店●www.silkbook.com

華文網網路書店●www.book4u.com.tw

跨視界·雲閱讀 新絲路電子書城全文免費下載

新·絲·路·網·路·書·店
silkbook●com

本書由著作人自資出版，委由全球華文聯合出版平台(www.book4u.com.tw)自資出版印行，並委由采舍國際有限公司（www.silkbook.com）總經銷

版權所有　翻印必究

本書採減碳印製流程並使用優質中性紙 (Acid & Alkali Free) 與環保油墨印刷，通過碳足跡認證。